U0922711

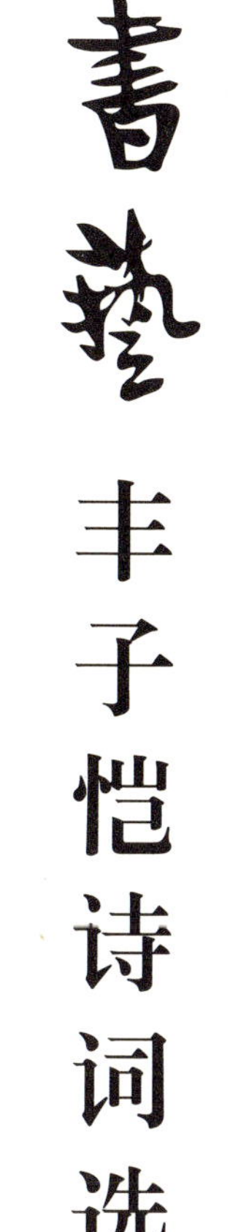

書藝 丰子恺诗词选

吴浩然 编

中国国际出版集团
海豚出版社

图书在版编目（C I P）数据

书艺 : 丰子恺诗词选 / 吴浩然编. -- 北京 : 海豚出版社，2016.4
ISBN 978-7-5110-3168-6
Ⅰ. ①书… Ⅱ. ①吴… Ⅲ. ①诗词－作品集－中国－当代 Ⅳ. ① I227
中国版本图书馆 CIP 数据核字 (2016) 第 042736 号

书　　名：书艺——丰子恺诗词选
编　　者：吴浩然

责任编辑：梅　杰　边海玲
美术编辑：吴光前
责任印制：于浩杰

总发行人：俞晓群

出　　版：海豚出版社
网　　址：http://www.dolphin-books.com.cn
地　　址：北京市百万庄大街 24 号
邮　　编：100037
电　　话：010-68997480（销售）
　　　　　010-68998879（总编室）
传　　真：010-68998879
印　　刷：北京天宇万达印刷有限公司
经　　销：全国新华书店及各大网上书店
开　　本：16 开
印　　张：7.25
字　　数：58 千
印　　数：3000
版　　次：2016 年 7 月第 1 版　　2016 年 7　月第 1 次印刷
标准书号：ISBN 978-7-5110-3168-6
定　　价：48 元

1955年在莫干山芦花荡公园

丰子恺（1898-1975），漫画家、文学家、翻译家、书法家、美术和音乐教育家。浙江桐乡人，1914年考入浙江省立第一师范学校，受业于名师李叔同。1921年游学日本，学习西画和音乐。归国后从事美术和音乐教育。新中国成立后，曾任上海中国画院院长、中国美术家协会上海分会主席。他一生出版的著作达180余部。文学作品有《缘缘堂随笔》《缘缘堂再笔》等；漫画作品有《子恺漫画全集》等；译著有《苦闷的象征》《猎人笔记》和《源氏物语》等。

唯有诗词慰平生

——读丰子恺的诗词有感

吴浩然

诗词于丰子恺并非主业，却不折不扣地跟随了他一生。

自读私塾起，幼小的丰子恺在父亲的引导下接受诗词发蒙，少年时考入浙江省立第一师范学校开始尝试写作诗词。1921年从日本回国，利用古诗创作新画，可谓是他爱好诗词的最好见证。抗战爆发逃难期间，他一路奔波一路用诗词讨伐日寇暴行，记述流离的艰辛。新中国成立后，他满怀诗情讴歌热火朝天的社会主义建设。文革中，写文作画被禁，他便与幼子新枚作诗词游戏慰藉人生的苦闷和寂寞。即便临终前他还对女儿一吟说"我这辈子最舍不得的是诗词。"

丰子恺虽以漫画、散文和翻译名世，但这些事业都离不开诗词。古诗新画是他的漫画起步，其源泉就来自诗词。1921年春，他东渡日本游学，在旧书摊上发现了日本画家竹久梦二的画集《春之卷》，他感叹梦二的画作："寥寥数笔的一幅小画，不仅以造型的美感动我的眼，又以诗的意味感动我的心……"正因为这些小画蕴含着诗的意味，他便和梦二一样走上一条抒情的艺术之路。

那幅让丰子恺一举成名的漫画《人散后，一钩新月天如水》就是根据宋代谢逸的诗词《千秋岁·夏景》创作的，画面的情调曾感动过一批学者和艺术家，至今还深深地影响着整个中国漫坛。

当然，古诗新画只是借古诗的意境营造和描绘他所处的时代，记录的是大家熟知的生活环境和社会气象，有时画作实在没有合适的句子，他就自己作诗填词。新中国成立后，他曾创作过一批诗配画，描写了少年儿童沐浴着新中国阳光雨露的恩泽，在幸福甜蜜的新生活中茁壮成长的故事。如《咏黄陂六中师生造林》，诗曰：小小儿童志气高，造林种树有功劳。今朝嫩叶青枝好，他日参天上碧霄！再如为"庆祝儿童节"所作：庆祝儿童节，礼物一大盘。妹妹乒乒球，哥哥飞行船。乒乓夺冠军，飞船上青天。诗句近乎口语化，浅显易懂，但内容积极向上，充满着期望，有明显的时代特征。

丰子恺作诗一如他的漫画，简洁明了，老少咸宜。他觉得马一浮先生的诗词引经据典太多，艰涩难懂，让人看了不知所云。所以他作诗始终以让读者明白其中旨意为第一准则。这一点在为护生画配诗中表现的尤为突出。护生画以弘扬爱物惜生，守护心灵为宗旨。图文并茂，文为画的解读，画为文的呈现。如漫画《襁负其子》配诗曰：母鸡有群儿，一儿最偏爱。娇痴不肯行，常伏母亲背。语言平实，极近白描，却有益于广泛流布，有着良好的教化作用。

除配画诗外，作为音乐理论家，丰子恺曾撰写过二十几首歌词。早在上世纪三十年代，他在编写音乐教科书时，不仅编曲还填词。如其中一首：暮色沉沉，惊涛怒鸣。水天一望无垠。远帆摇白，新苇丛生。一钩凉月初升。在抗战中，为激励军民斗志，他和学生萧而化共同创作了抗战歌曲《我们四百兆人》，由萧而化作曲：我们四百兆人，中华民，仁义礼智润心。我们四百兆人，相互亲，团结强于长城。以此图功，何功不成！民族可复兴。以此制敌，何敌不崩！哪怕小东邻！我们四百兆人，齐出阵，打倒小日本！我们四百兆人，睡狮醒，一怒而天下平。

李叔同的《送别》曾唱响全国，妇孺皆诵。但丰子恺认为老师的配词凄美伤感，不太适宜儿童传唱，他便根据此曲另外填写了《游春》：星期天，天气晴，大家去游春。过了一村又一村，到处好风景。桃花红，杨柳青，菜花似黄金。唱歌声里拍手声，一阵又一阵。

尽管丰子恺撰写的歌曲流传不广，影响不大，但有些校歌至今仍被沿用和传唱。如《崇德第三小学校歌》《桂林高等师范学校校歌》等。

丰子恺撰写最多的还是他记人写景叙事的感兴之作，有与人酬酢的、有专写亲友的、有逃难路上的真实记录，也有游览祖国山河的种种感悟。不过，在社会主义建设的大环境下，也有不少作品渲染了标语口号式的革命情调。如《十杯春酒贺新春》中他写道：“一杯春酒庆春回，老幼人人笑开口。五谷丰登粮食足，无穷幸福一起来；两杯春酒祝春生，处处炼钢火焰明。六亿人民齐动手，千余万吨早完成；三杯春酒正春光，打鼠熏蚊处处忙。众手同来除七害，人民从此保安康；四杯春酒喜春长，识字拼音学习忙。所有文盲齐开眼，读书看报写文章；五杯春酒正春深，红化思想绿化城。处处窗前花满树，家家门口绿成荫；六杯春酒爱春天，吃饭穿衣不用愁。从此无须受冻馁，人民公社是家园；七杯春酒惜春光，工毕都来上食堂。柴米油盐菜酱醋，开门七事不须忙；八杯春酒赏春晴，托儿有所母安心。游戏唱歌都教会，阿姨更比阿妈亲；九杯春酒听春歌，敬老院中乐事多。鳏寡孤独人何在？唯见寿翁与寿婆；十杯春酒话春欢，春日欢情话不完。赖有英明共产党，春光永驻在人间。”尽管诗中有明显的时政色彩，但不难看出，作为一位旧时代的文人在经历了艰辛的奔波后，对和平生活的格外珍惜，也寄予了他对祖国前程的无限热爱和希望。

在翻译上，丰子恺晚年的译著《源氏物语》是翻译和诗词结合的最佳典范。《源氏物语》中的很多俳句丰子恺均用五言和七言的绝句译出，表现了译者深厚的诗词功底。

丰子恺的诗词恬静自然，平淡率真，辞藻虽不华丽，内容中却蕴含着大爱大胸怀和大气象。留给笔者印象最深的是他在文革期间参加完批斗后写给幼子新婚的诗，题为《贺新枚结婚》，其最后一句为“胸襟须广大，世事似浮云。”能在前途如此渺茫几近绝望的当时吟咏出这样的诗句，可见老先生博大的胸襟和达观的人生态度。

纵观丰子恺的诗词，题材和形式多种多样，内容包罗万象，异彩纷呈，几乎书写了他的整个心路历程。就数量而言，2010 年笔者曾编辑了《丰子恺诗词选》一书，由齐鲁书社出版，共收集整理了 400 余首。关于她的意义和价值，如钟桂松先生在《丰子恺诗词选》序言中所撰：“丰子恺的诗词是丰子恺文学宝库中的一笔宝贵财富，她虽然无法与丰子恺漫画、散文相提并论，但它却伴随着丰子恺的艺术人生从年青走向晚年从练习走向成熟的人生全过程，而且在丰子恺的生活里，诗词和他喝绍兴老酒一样，是他艺术生活不可或缺的一部分。”

目录

丰子恺书法艺术

丰子恺漫像 / 印屏

书艺・丰子恺诗词

丰子恺书法艺术

共欢天意同人意　长取新年续旧年

共歡天意同人意
長取新年續舊年
子愷書

落花艷舞風流霧香迷月薄霞淡雨紅幽樹芳飛雪

從任何一字起，或左行或右行，皆成一五絕。

清某人硯上銘

落花艳舞风，
流雾香迷月。
薄霞淡雨红，
幽树芳飞雪。

为人民服务 向工农看齐

為人民服務
向工農看齊
豐子愷書

病起臨池试墨新
桃花閒院見芳春
采來蒲老仙狐句
贈与城東賣醬人

壬寅中秋前病中读聊齋志病起取河英中句作畫贈与醬園工人宋南田承報此诗適有畫箋平㕥書之

子愷

病起临池试墨新，
桃花闲院见芳春。
采来蒲老仙狐句，
赠与城东卖酱人。

佳節清明綠化城，樹色青青，草色青青。室中也有綠成陰，窗上花盆，案上花盆。日麗風和駘蕩春，天意和平，人意和平。人生難得兩清明，時節清明，政治清明。

癸丑清明時節錄舊作一剪梅

子愷

佳节清明绿化城，树色青青，草色青青。室中也有绿成阴，窗上花盆，案上花盆。
日丽风和骀荡春，天意和平，人意和平。人生难得两清明，时节清明，政治清明。

建设社会主义人人幸福　实行五年计划岁岁富康

實行五年計畫歲歲富康
建設社會主義人人幸福

豐子愷書

慶祝一九五八年元旦

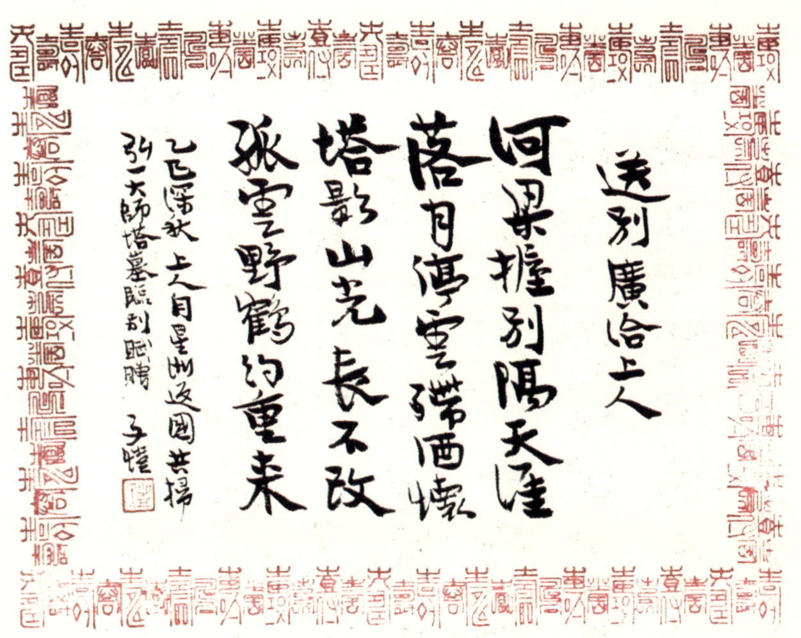

送别广洽上人

河梁握别隔天涯，落月停云殢酒怀。
塔影山光长不改，孤云野鹤约重来。

游黄山欣逢双喜

结伴游黄山，良辰值暮春。
好景层层出，眼界日日新。
奇峰高万丈，飞瀑泻千寻。
云海脚下流，苍松石上生。
入山虽甚深，世事依然闻。
息足听广播，都城传好音。
国际乒乓赛，中国得冠军。
飞船绕地球，勇哉加加林。
客中逢双喜，游兴忽然增。
掀髯登天都，不让少年人。

丰子恺漫像／印屏

子恺先生　谢春彦（上海）

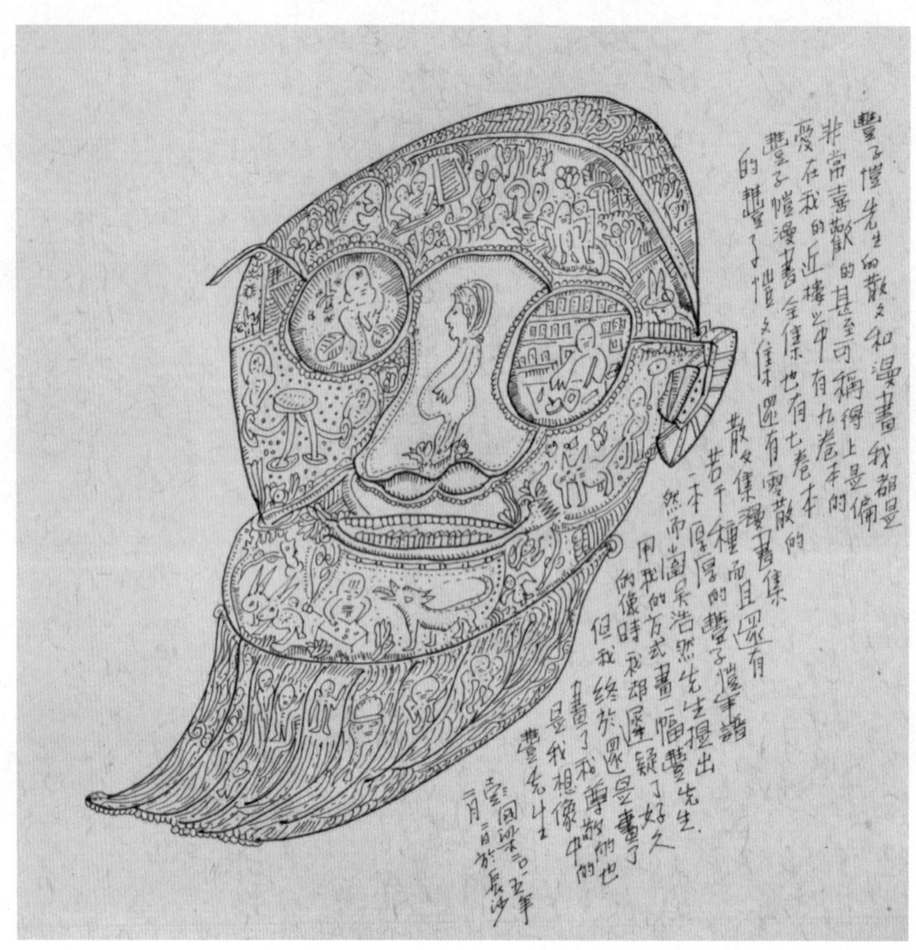

我想象中的丰先生　彭国梁（湖南）

丰子恺漫像　吴浩然（浙江）

丰子恺先生散文名篇印屏

杨翌／吴淳之／郑邦谦（上海）

書藝

丰子恺诗词

《辞缘缘堂》之一

秀水名山入画图，兰堂芝阁尽虚无。

十年一觉杭州梦，剩有冰心在玉壶。

柯大墉（浙江）

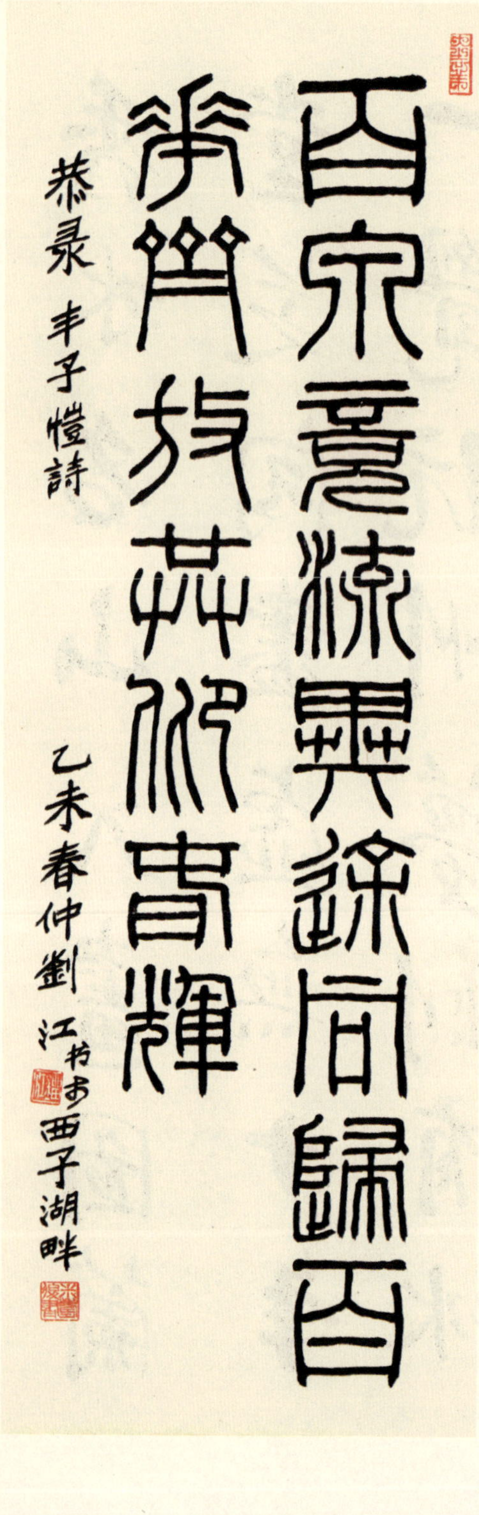

《百泉竞流》（题画诗）

百泉竞流，异途同归。百花齐放，共仰春晖。

刘江（浙江）

佳节清明绿化城，草色青青，树色青青。室中也有绿成阴，窗上花盆，案上花盆。日丽风和骀荡春，天意和平，人意和平。人生难得两清明，时节清明，政治清明。

右录丰子恺先生一剪梅清明

二千零十五年乙未清明 西泠印社 郁重今时年八十八

《一剪梅·清明》

佳节清明绿化城，草色青青，树色青青。室中也有绿成阴，窗上花盆，案上花盆。

日丽风和骀荡春，天意和平，人意和平。人生难得两清明，时节清明，政治清明。

郁重今（浙江）

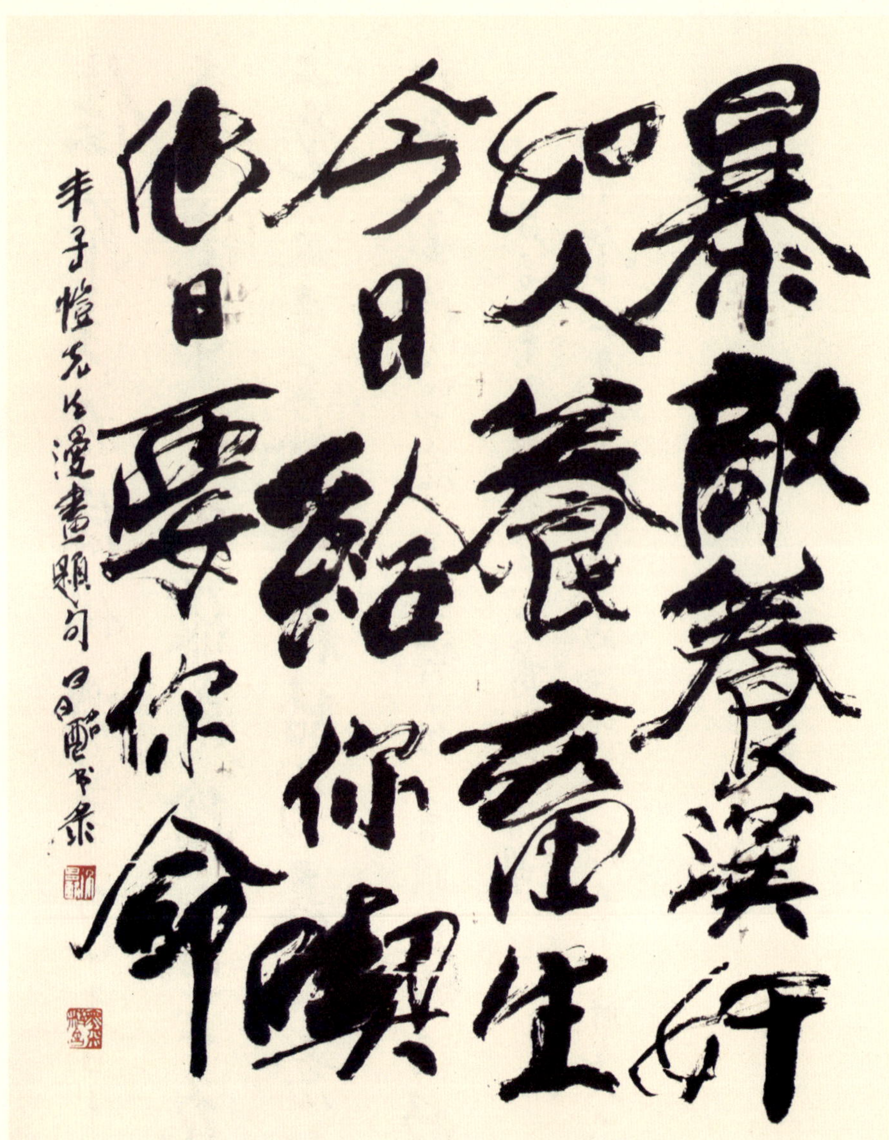

《暴敌养汉奸》（题画诗）

暴敌养汉奸，如人养畜生。今日给你吃，他日要你命。

徐昌酩（上海）

星期天。天氣晴。大家去游春。過了一村又一村。到處好風景。桃花紅。楊柳青。菜花似黄金。唱歌聲里拍手聲。一陣又一陣。

先父豐子愷詩

豐一吟書

丰一吟（上海）

《游春》（歌曲）约翰·P·奥德威作曲

星期天，天气晴，大家去游春。过了一村又一村，到处好风景。

桃花红，杨柳青，菜花似黄金。唱歌声里拍手声，一阵又一阵。

《望江南》

青春伴，一旦忽分离。
隔着云烟三千里，东西两地各思惟。何日更重携？

张守中（河北）

《中秋宿抚州吊汤显祖墓》

文章桥畔吊词人，重上归车感慨深。
一路水吟风啸里，依稀仿佛牡丹亭。

吴柏森（上海）

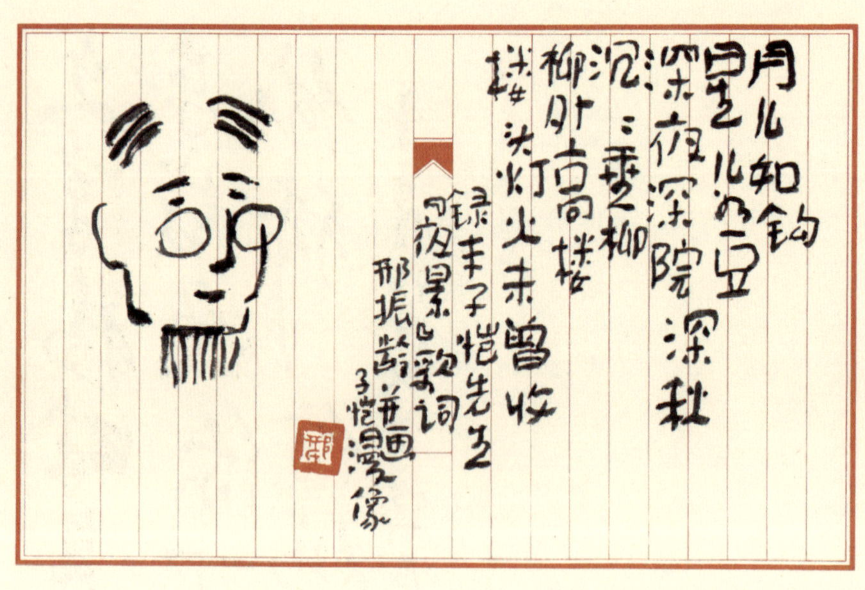

《夜景》（歌曲）

月儿如钩，星儿如豆，深夜深院深秋。
沉沉垂柳，柳外高楼，楼头灯火未曾收。

邢振龄（北京）

《戏和马公愚梅花诗》

当年曾住水西涯，门对孤山处士家。

常怪阳春飞白雪，原来点点是梅花。

陈巨锁（山西）

《回文五绝》（亦可倒读）

春晚惜花落，夜寒忆远人。灯孤照小阁，梦短客惊心。
明月映原野，草花舞细风。人闲爱美景，鹤老栖孤松。

周澄（台湾）

《一吟饰洛神》

神光离合，乍阴乍晴。
竦轻躯以鹤立，若将飞而未翔。

吴蓬（浙江）

《船里看春景》

（题画诗）

船里看春景，
春景像画图。
临水种桃花，
一株当二株。

张大卫（上海）

独揽梅花扫腊雪

吴颐人（上海）

《回文五绝》

春晚惜花落，夜寒忆远人。

孤灯照小阁，梦短客惊心。

鲍复兴（浙江）

《晨起见园梅飘尽口占一绝》

铁骨冰心霜雪中，孤芳不与众芳同。
春风一夜开桃李，香雪飘零树树空。

《浪淘沙》

百卉竞春阳，九十韶光。少年裘马自疏狂。记得小桥垂柳外，红雨沾裳。

溪水碧汤汤，越女吴双。谁家女伴斗新妆？陌上花开归缓缓，风递衣香。

《溪西柳》

溪西杨柳碧条条，堤上春来似舞腰。
只恨年年怨摇落，不堪回首认前朝。

王晓峰（浙江）

山下方亭［日］

《天气清和人快活》（题画诗）

天气清和人快活，赛船欢度儿童节。

用力用力齐用力，追过前船争第一！

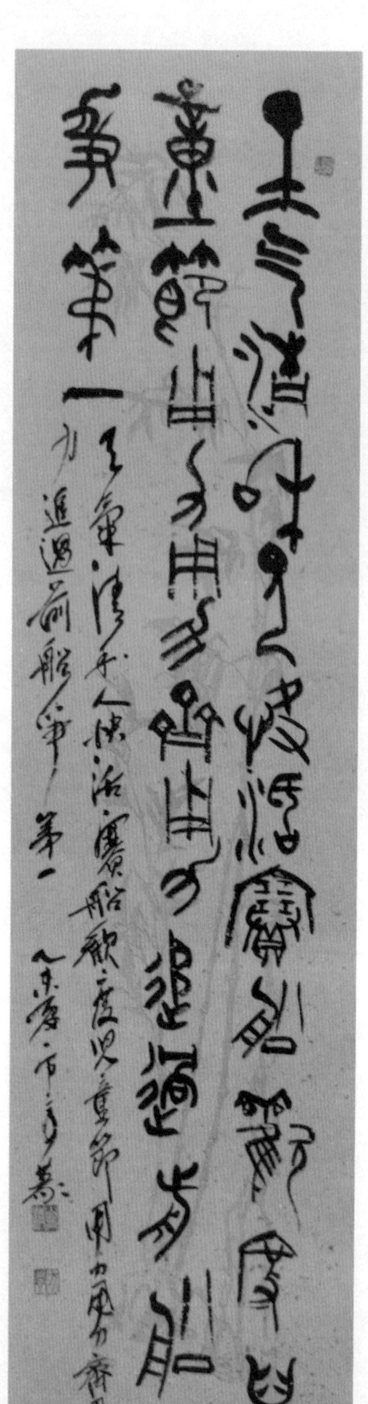

《解放》（护生画配诗）

至诚所感，金石为开。至仁所感，猫鼠（相爱）。

《却羡蜗牛自有家》（护生画配诗）

闲看蜗牛走，亲为筑坦途。此君家累重，莫教步崎岖。

尾崎苍石［日］

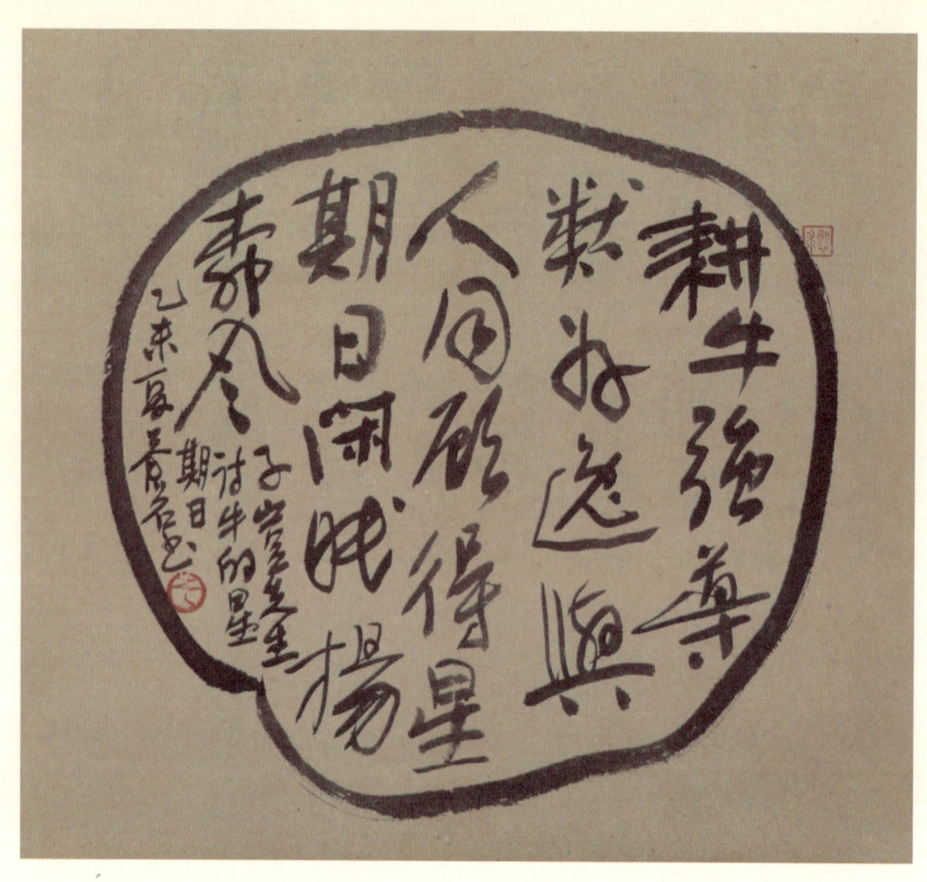

《牛的星期日》

（护生画配诗）

耕牛虽异类，好逸与人同。

愿得星期日，闲眠杨柳风。

尾崎苍石［日］

《春宵曲》

花老无风落，阴浓过雨新。

故园春色半成尘，正是绿肥红瘦最伤神。

井谷五云［日］

朝夕光華　照昫萬物
山川草木　清涼純潔
蠕動飛沉　團圞和悅
共浴靈輝　如登樂國

錄中秋同樂一首
乙未桂月　西泠印社中人
百宜袁道厚書于二激軒

豐子愷詩抄

子愷先生平性隨手做詩詞与他漫畫一樣融平淡中見溪刻淺白中見真情　百宜又記

《中秋同乐》

（护生画配诗）

朗月光华，照临万物。

山川草木，清凉纯洁。

蠕动飞沉，团圞和悦。

共浴灵辉，如登乐国。

袁道厚（浙江）

豐公子愷詩抄

子愷先生率性隨手做詩詞與他漫畫一樣能平淡中見深刻淺白中見真情

百宜又記

東鄰有小國其世實寒微幸
倚大中華猶得借光輝通
霸國術遂爾貪殺羿飛機兼
炮火殺人復掠地思以非人
道爭毛神明裔豈知中華民
萬衆一心齊奮起衛社稷抗
戰爲正義勝暴當以仁不在
兵甲利仁者本無敵哀哉小
東夷

鄉賢豐子愷仁者無敵歌　古長水新篁葉關梓敬錄于湖東南溪

《仁者无敌歌》

东邻有小国，其地实寒微。
幸傍大中华，犹得借光辉。
初通霸国术，遂尔图杀羿。
飞机兼炮火，杀人复掠地。
思以非人道，胁我神明裔。
岂知中华民，万众一心齐。
群起卫社稷，抗战为正义。
胜暴当以仁，不在兵甲利。
仁者本无敌，哀哉小东夷。

叶国祥（浙江）

题《广洽法师之像》

佛顶童颜，寄迹人间。跨海云游，随寓而安。宏法利生，广结胜缘。薝葡花好，益寿延年。

佛顶童颜寄迹人间跨海云游随寓而安宏法利生广结胜缘薝葡花好益寿延年

童子偈题广洽法师像 乙未春日薛平南书

薛平南（台湾）

《重生》（护生画配诗）

大树被斩伐，生机不肯息。春来勤抽条，气象何蓬勃！
悠悠天地间，咸被好生德。无情且如此，有情不必说。

华锦屏（四川）

《长歌当哭》（护生画配诗）

身在樊笼，心在林谷。望断家山，长歌当哭。

徐梦嘉（台湾）

《望江南》

青春伴，
一旦忽分离。
隔着云烟三千里，
东西两地各思惟。
何日更重携？

黄尝铭（台湾）

《咏黄陂六中师生造林》（题画诗）

小小儿童见识高，造林种树有功劳。

今朝嫩叶青枝好，他日参天上碧霄。

鲍贤伦（浙江）

《却羡蜗牛自有家》

（护生画配诗）

闲看蜗牛走，亲为筑坦途，

此君家累重，莫教步崎岖。

赵恒缘（四川）

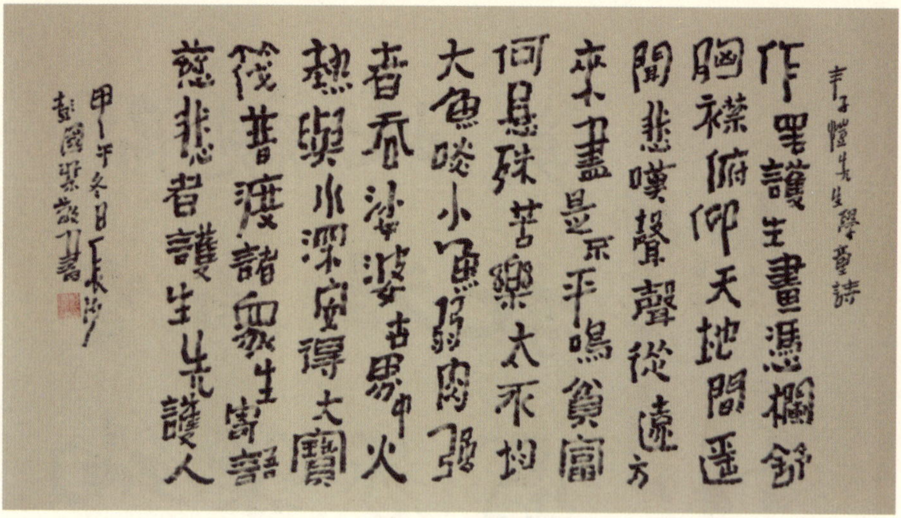

《月儿弯弯照九州，几家欢乐几家愁》（护生画配诗）

作罢护生画，凭栏舒胸襟。俯仰天地间，遥闻悲叹声。
声从远方来，尽是不平鸣。贫富何悬殊，苦乐太不均。
大鱼啖小鱼，弱肉强者吞。娑婆世界中，火热与水深。
安得大宝筏，普渡诸众生。寄语慈悲者，护生先护人。

彭国梁（湖南）

《推食》（护生画配诗）

母鸡得美食，
啄啄呼小鸡。
小鸡忽然集，
团团如黄葵。
母鸡忍饥立，
得意自欢嬉。

谭惠中（四川）

《东风浩荡》（题画诗）

未饮屠苏已立春，青松顶上见风筝。

东风浩荡长空碧，直上云霄万里程。

徐伟（山东）

《一吟饰洛神》

神光离合，乍阴乍晴。竦轻躯以鹤立，若将飞而未翔。

傅林林（浙江）

《夜景》（歌曲）

月儿如钩，星儿如豆，深夜深院深秋。

沉沉垂柳，柳外高楼，楼头灯火未曾收。

宫烨文（陕西）

《浩歌》（歌曲）

当空发长矢，矢去如流电。
临风放浩歌，歌声随风散。
谁知数年后，两者皆可见。
歌在情人心，矢在老树干。

宫烨文（陕西）

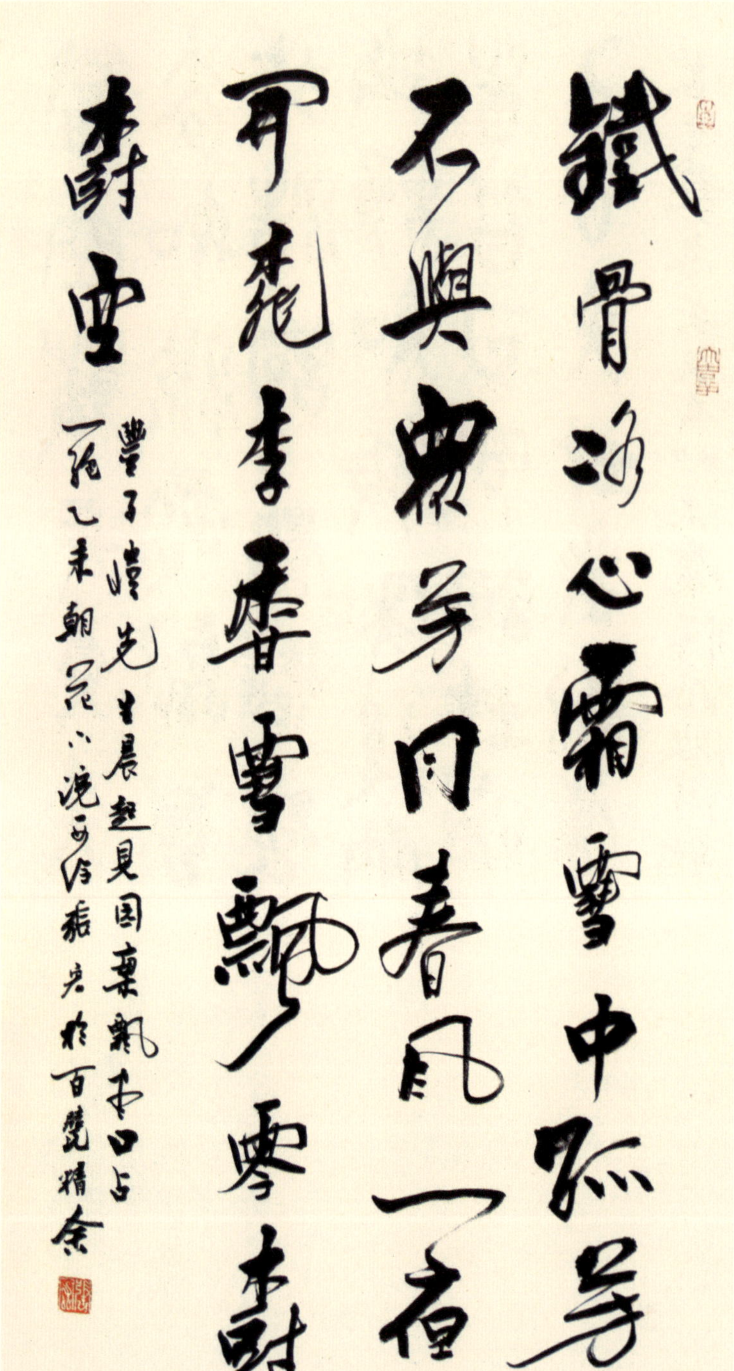

《晨起见园梅飘尽口占一绝》

铁骨冰心霜雪中，孤芳不与众芳同。

春风一夜开桃李，香雪飘零树树空。

张宏（浙江）

《西江月》

故里音书寂寂，客中岁月悠悠。

春归人自不归去，尽日下帘钩。

卢雄心［日］

《黄蜂频扑秋千索，为爱娇娃纤手香》

（护生画配诗）

燕语莺啼蝶舞忙，氤氲佳气好春光。

黄蜂频扑秋千索，为爱娇娃纤手香。

唐锦腾（香港）

《广洽法师嘱题弘一法师肖像》

广大智慧无量德，寄此一躯肉与血。

安得千古不坏身，永住世间刹尘劫。

向黄（四川）

《运粮》（护生画配诗）

蚂蚁运粮，群策群力。陟彼高冈，攀彼绝壁。屡仆屡起，志在必克。区区小虫，具此美德。

張洪波（四川）

蟻蟻運糧，羣策羣力。陟彼高岡，攀彼絶壁。屢僕屢起，志在必克。區區小蟲，具此美德。

丰子愷先生詩蟻運糧　時在甲午隆冬向南無極洪波於古華堂

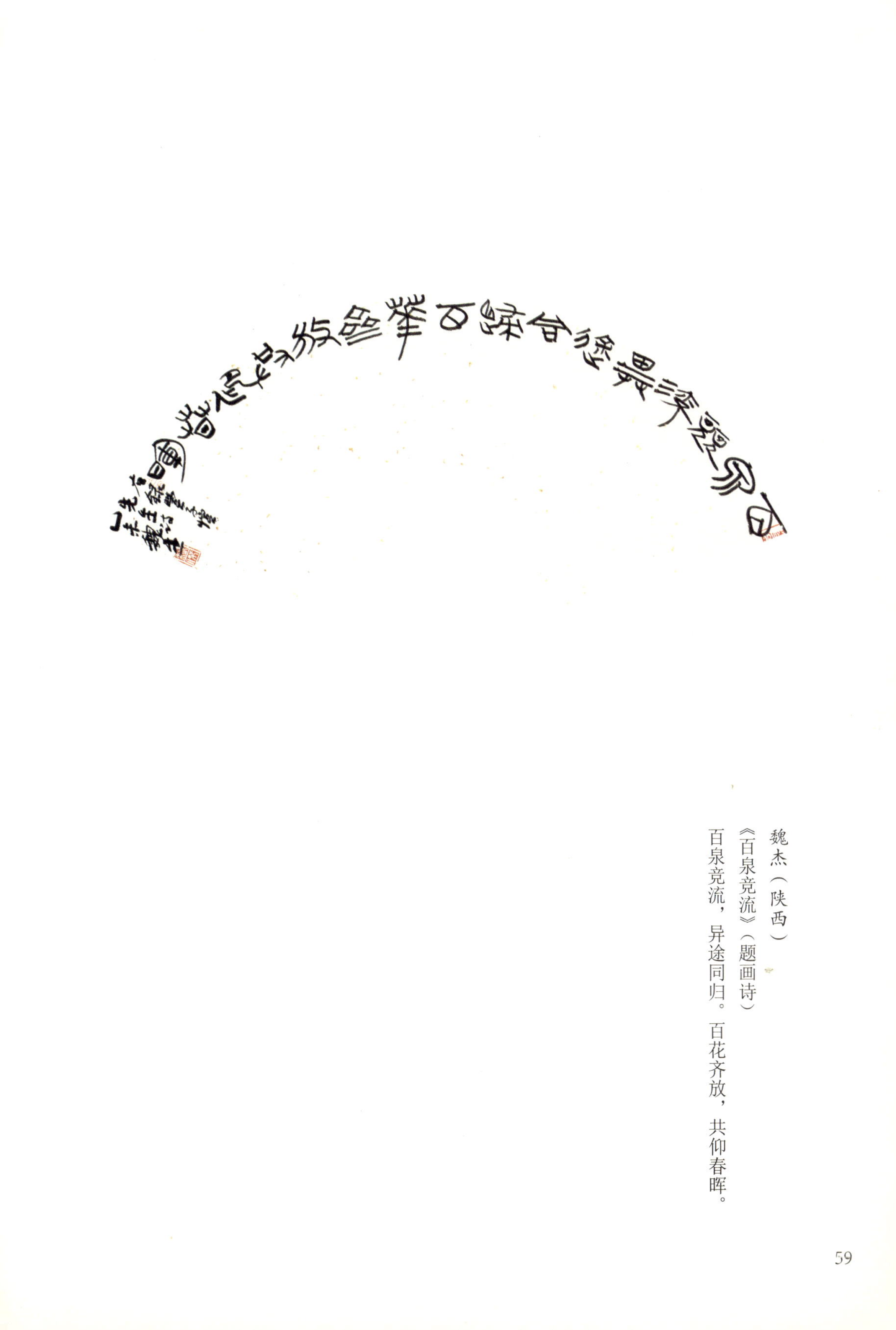

魏杰（陕西）

《百泉竞流》（题画诗）

百泉竞流，异途同归。百花齐放，共仰春晖。

《一九四三年，赴乐山访马一浮先生，回沙坪坝记录》一首

人间到处是修罗，天地依然喜气多。昨夜月明江水碧，今朝日暖鸟声和。

于明诠（山东）

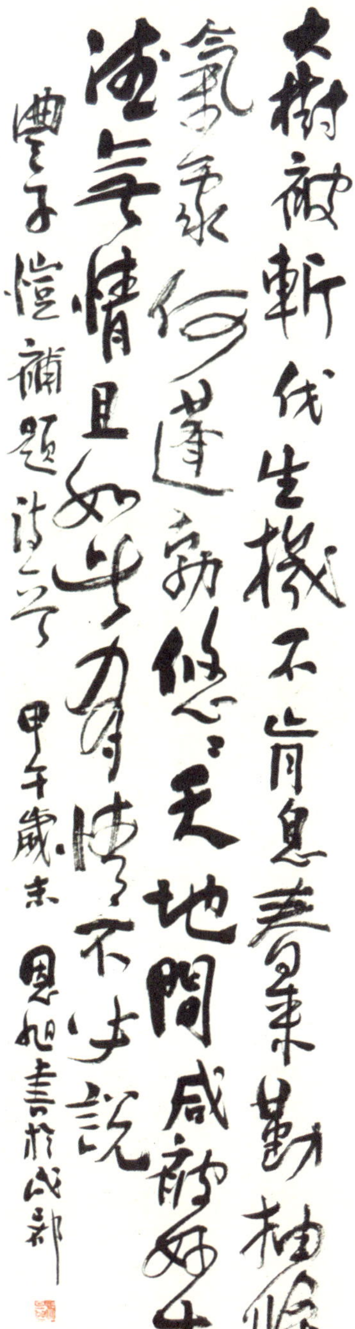

《重生》（护生画配诗）

大树被斩伐，生机不肯息。春来勤抽条，气象何蓬勃！

悠悠天地间，咸被好生德。无情且如此，有情不必说。

冯恩旭（四川）

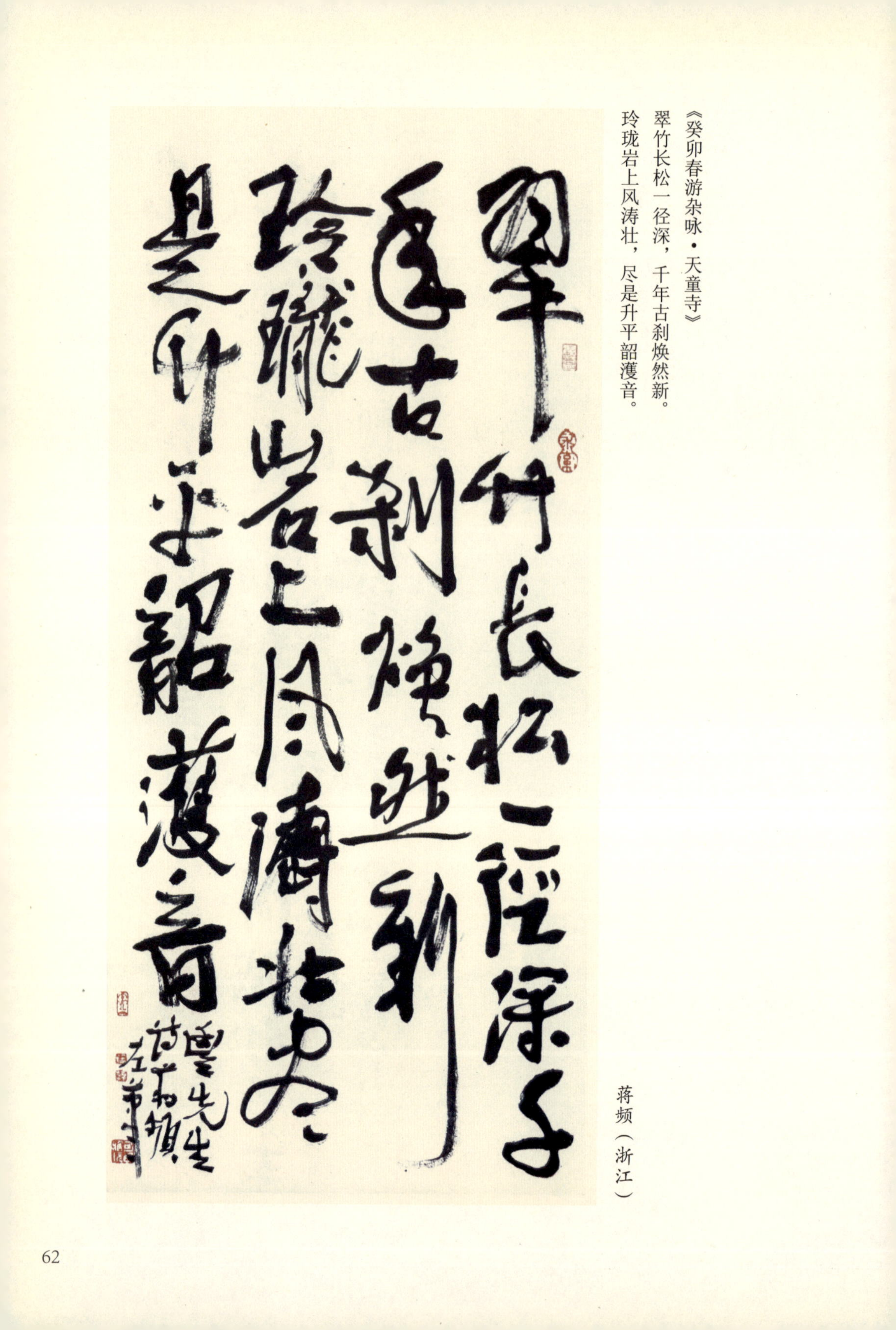

《癸卯春游杂咏·天童寺》
翠竹长松一径深，千年古刹焕然新。
玲珑岩上风涛壮，尽是升平韶濩音。

蒋频（浙江）

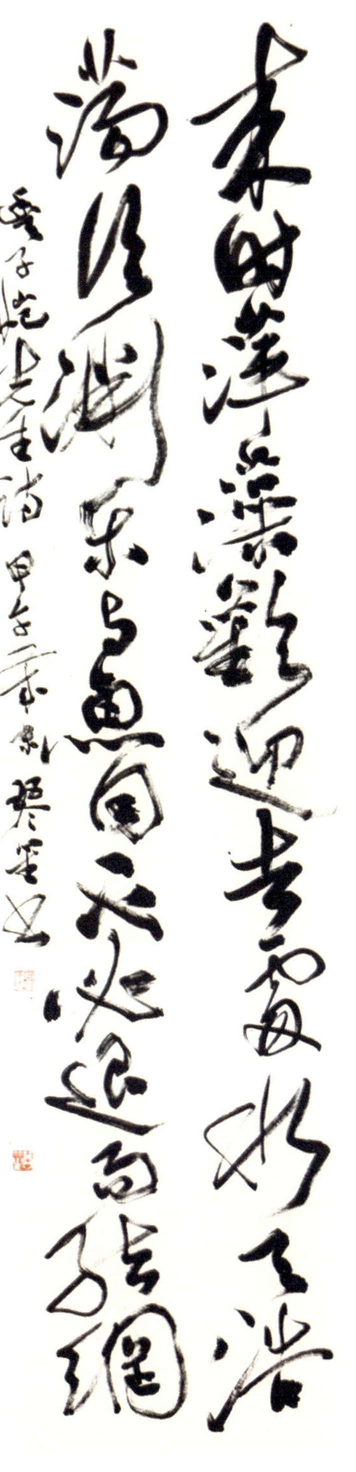

《群鱼》（护生画配诗）

来时萍藻欢迎，去处水天浩荡。

临渊乐与鱼同，不必退而结网。

钟杨琴笙（四川）

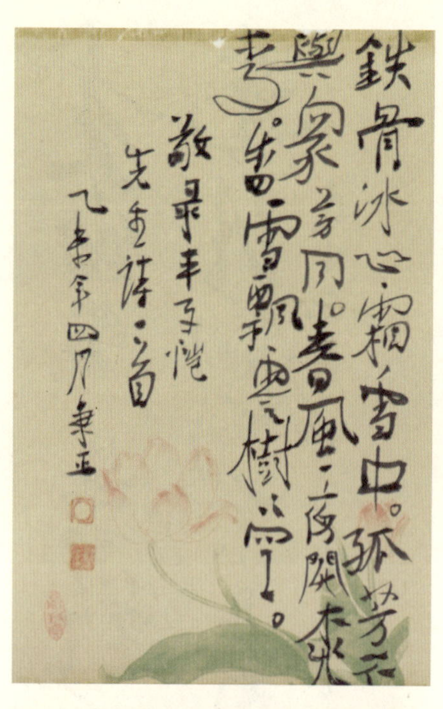

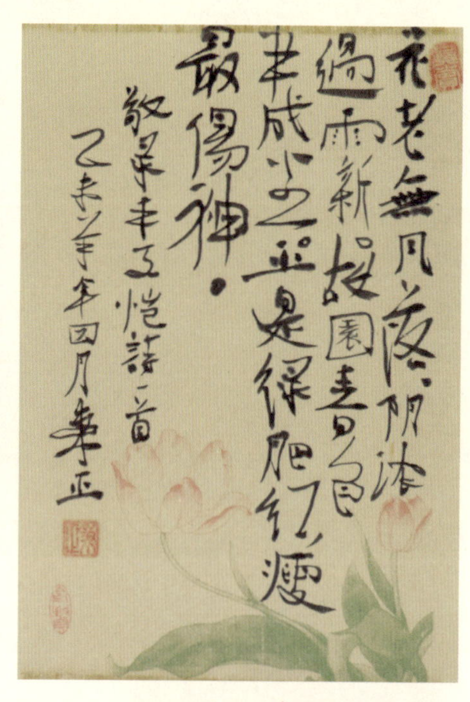

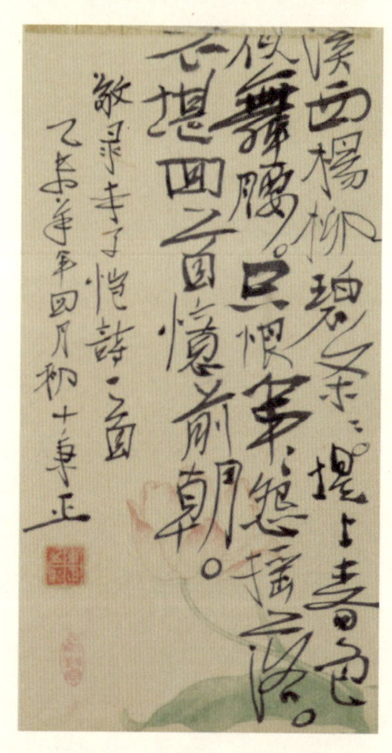

《春宵曲》

花老无风落，阴浓过雨新。

故园春色半成尘。正是绿肥红瘦最伤神。

《溪西柳》

溪西杨柳碧条条，堤上春来似舞腰。

只恨年年怨摇落，不堪回首认前朝。

《晨起见园梅飘尽口占一绝》

铁骨冰心霜雪中，孤芳不与众芳同。

春风一夜开桃李，香雪飘零树树空。

《浪淘沙》

百卉竞春阳，九十韶光。少年裘马自疏狂。

记得小桥垂柳外，红雨沾裳。

溪水碧汤汤，越女吴艭。谁家女伴斗新妆？

陌上花开归缓缓，风递衣香。

秉正（山东）

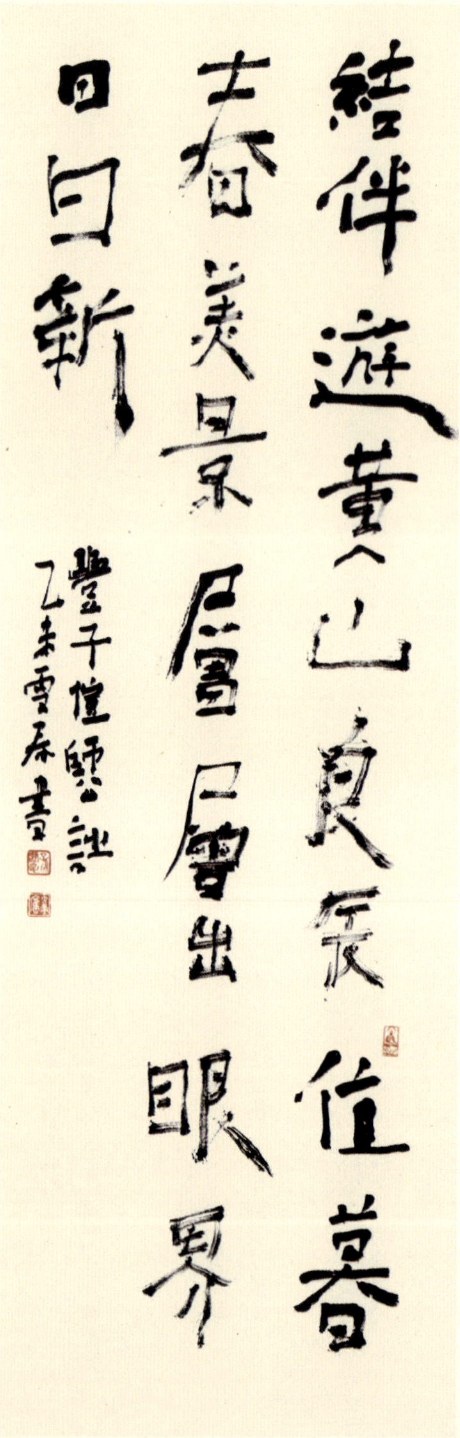

《游黄山欣逢双喜》（部分）

结伴游黄山，良辰值暮春。美景层层出，眼界日日新。

孙雪春（上海）

《大会竹枝词·启程》

专车直驶沪京间，咋暖轻寒二月天。

行矣临窗重回首，杏花春雨好江南。

张伟麟（上海）

《溪西柳》

溪西杨柳碧条条，堤上春来似舞腰。
只恨年年怨摇落，不堪回首认前朝。

查律（北京）

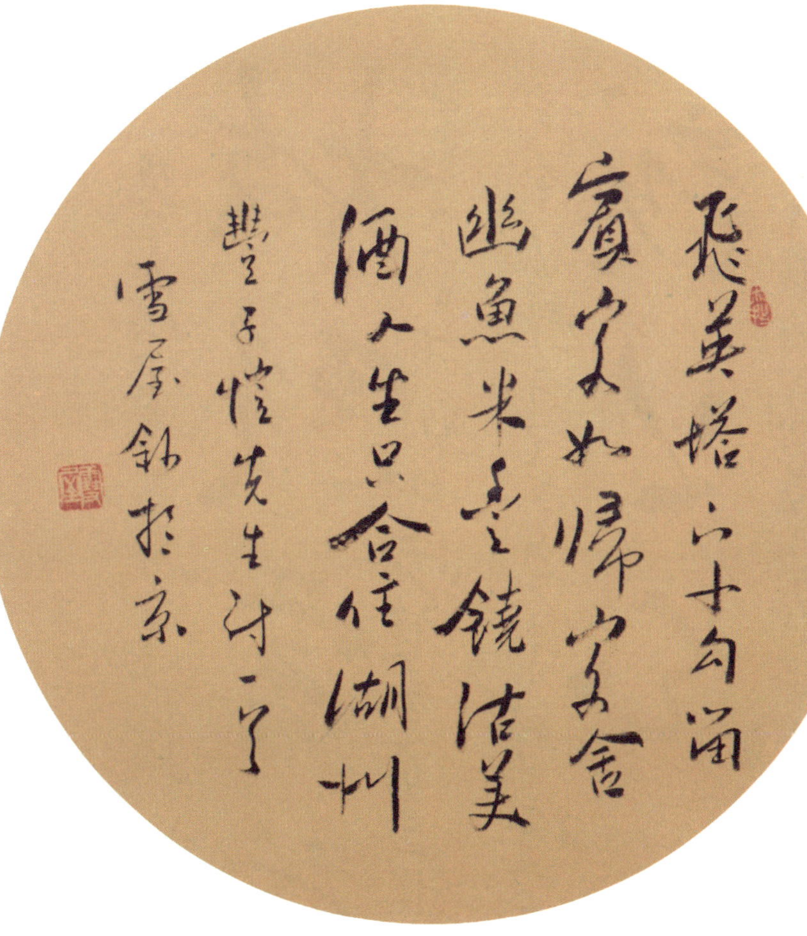

《游湖州途径嘉兴·飞英塔宾馆》

飞英塔下（前）小勾留，

宾客（至）如归客舍幽。

鱼米丰饶沽酒美，

人生只合住湖州。

李学武（北京）

枝头黄叶舞，岭上白云飞

（私塾先生出上联，少年丰子恺对下联）

王卫民（陕西）

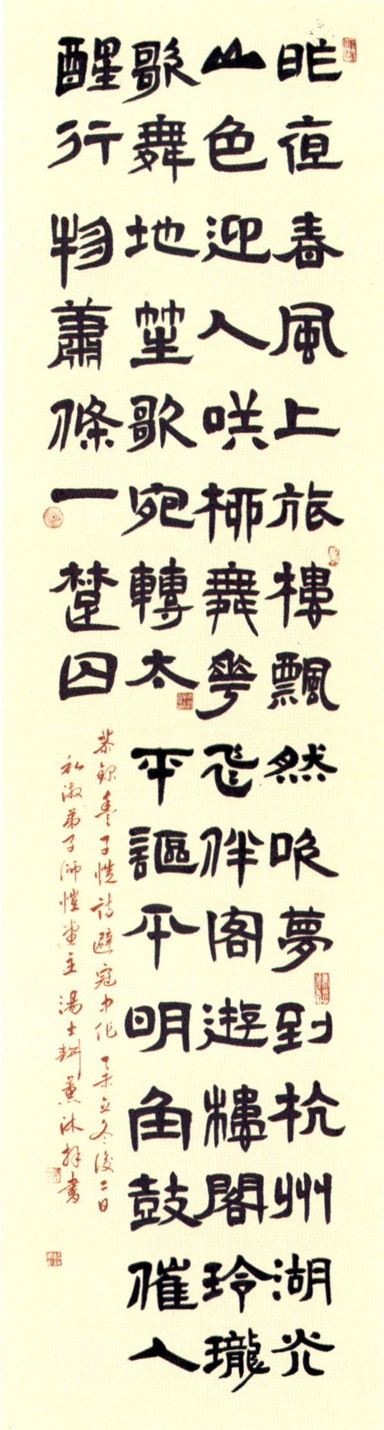

《避寇中作》

昨夜春风上旅楼，飘然吹梦到杭州。湖光山色迎人笑，柳舞花飞伴客游。楼阁玲珑歌舞地，笙歌宛转太平讴。平明角鼓催人醒，行物萧条一楚囚。

汤士耕（浙江）

夜深人初定閑把舊書温才開卷可喜又可驚前春湖畔拾花瓣夾入書中色驕嫩今日依然存追思往事黯消魂對卷思尋掩卷思尋記得同遊有一人別来已過二三春音信沉沉君憶我否我正思君

豐子愷懷友 乙未立春海雋平書

《怀友》（歌曲）
马斯卡尼作曲
夜静人初定，
闲把旧书温。
才开卷，
可喜又可惊。
前春湖畔拾花瓣，
夹入书中色娇嫩。
今日依然存。
追思往事，
黯消魂。
对卷思寻，
掩卷思寻。
记得同游有一人。
别来已过二三春。
音信沉沉。
君忆我否？
我正思君。

曹隽平（湖南）

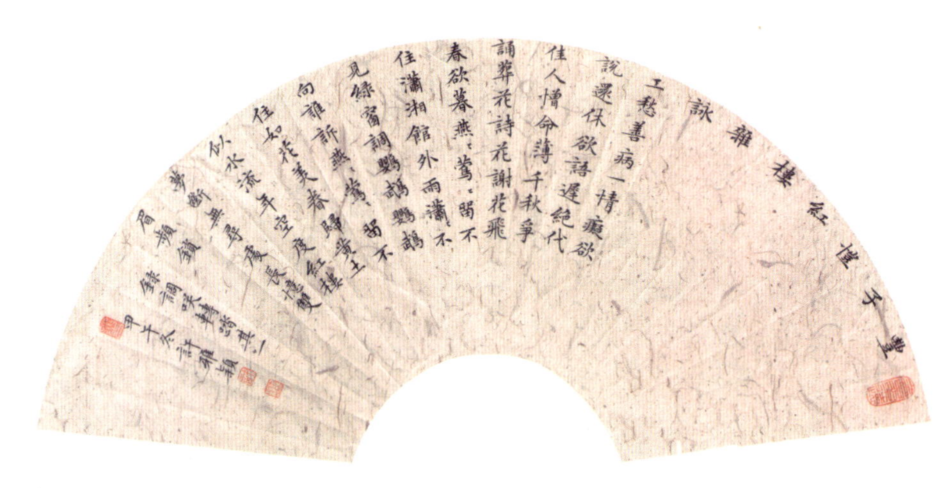

《红楼杂咏·调笑转踏》之一首

工愁善病一情痴，欲说还休欲语迟。
绝代佳人憎命薄，千秋争诵葬花诗。
花谢花飞春欲暮，燕燕莺莺留不住。
潇湘馆外雨潇潇，不见绿窗调鹦鹉。
鹦鹉，向谁诉，燕燕莺莺留不住。
如花美眷归黄土，似水流年空度。
红楼梦断无寻处，长忆双眉频锁。

许雅颖（浙江）

謝明兒孫奉太君大觀園裏享天倫何當早赴西方去家
破人亡兩不聞攬權倚勢愛黃金笑裏藏刀愛裏憎不信侯
門深閨女貪贓枉法殺良民阿翁蕩產治喪殯愛媳哀榮
殊可驚雲雨巫山香夢斷應隨鸞劣證無生塵世何來
檻外人天生麗質在空門早知純潔終難保悔不當初學
智能猩紅巾子定終身往事依稀感慨深
記否良宵花解語山盟海誓付煙雲
禁門深鎖綺羅人暫釋還家號省親一自
捉將官裏去從茲骨肉永離分三尺紅羅
一命休貞魂還倩可卿收青鸞有意隨王
母空費人門設計謀嬌娘枉自誇英明慧
眼原來不識人可恨狂童無信義鴛鴦劍
下走芳魂溫柔敦厚愛和平豆蔻年華作
小星鳳去臺空塵世改玉堂春色屬斯人
芙蓉仙子謫紅塵貌比嫦娥勝幾分抱病
補裘情萬丈含嗔撕扇笑千金
迷離撲朔不分明情到深處假亦真一陌紙錢和淚化
幽明不隔兩癡人不寵無驚一老劉何妨食量大如牛
朱門舞歇歌休後嬌小遺孤賴我收身世飄零逐柳花
狂夫輕薄不思家學詩也有驚人句詠絮才高自可
誇纖、手善丹青敷粉調朱點染勤祇恐繁華隨
逝水擬將彩筆駐穠春
豐子愷紅樓雜詠之七絕
甲午歲末雅穎書

《红楼杂咏》七绝之十四首

满眼儿孙奉太君，大观园里享天伦。何当早赴西方去，家破人亡两不闻。

揽权倚势爱黄金，笑里藏刀爱里憎。不信侯门深闺女，贪赃枉法杀良民。

阿翁荡产治丧殡，爱媳哀荣殊可惊。云雨巫山香梦断，应随警幻证无生。

尘世何来槛外人，天生丽质在空门。早知纯洁终难保，悔不当初学智能。

猩红巾子定终身，往事依稀感慨深。记否良宵花解语，山盟海誓付烟云。

禁门深锁绮罗人，暂释还家号省亲。一自捉将官里去，从兹骨肉永离分。

三尺红罗一命休，贞魂还倩可卿收。青鸾有意随王母，空费人间设计谋。

娇娘枉自夸央明，慧眼原来不识人。可恨狂童无信义，鸳鸯剑下走芳魂。

温柔敦厚爱和平，豆蔻年华作小星。凤去台空尘世改，玉堂春色属斯人。

芙蓉仙子谪红尘，貌比嫦娥胜几分。报病补裘情万丈，含嗔撕扇笑千金。

迷离扑朔不分明，情到深处假亦真。一陌纸钱和泪化，幽明不隔两痴人。

不宠无惊一老刘，何妨食量大如牛。朱门舞歇歌休后，娇小遗孤赖我收。

身世飘零逐柳花，狂夫轻薄不思家。学诗也有惊人句，咏絮才高自可夸。

纤纤玉手善丹青，敷粉调朱点染勤。只恐繁华随逝水，拟将彩笔驻秾春。

许雅颖（浙江）

《采得百花成蜜后，不知辛苦为谁甜》（护生画配诗）

昼长人寂寂，蜜蜂入我室。飞上小明窗，欲向此中出。窗上有玻璃，蜜蜂苦未识。奋翅向前冲，脑伤身陨越。眼见窗外花，其中多香蜜。可怜钻营久，到处都碰壁。愚哉小蜜蜂，此路不可通。汝欲游庭院，请走此门中。蜜蜂不解语，管自向前冲。幸有春风来，引导出房栊。

申伟（浙江）

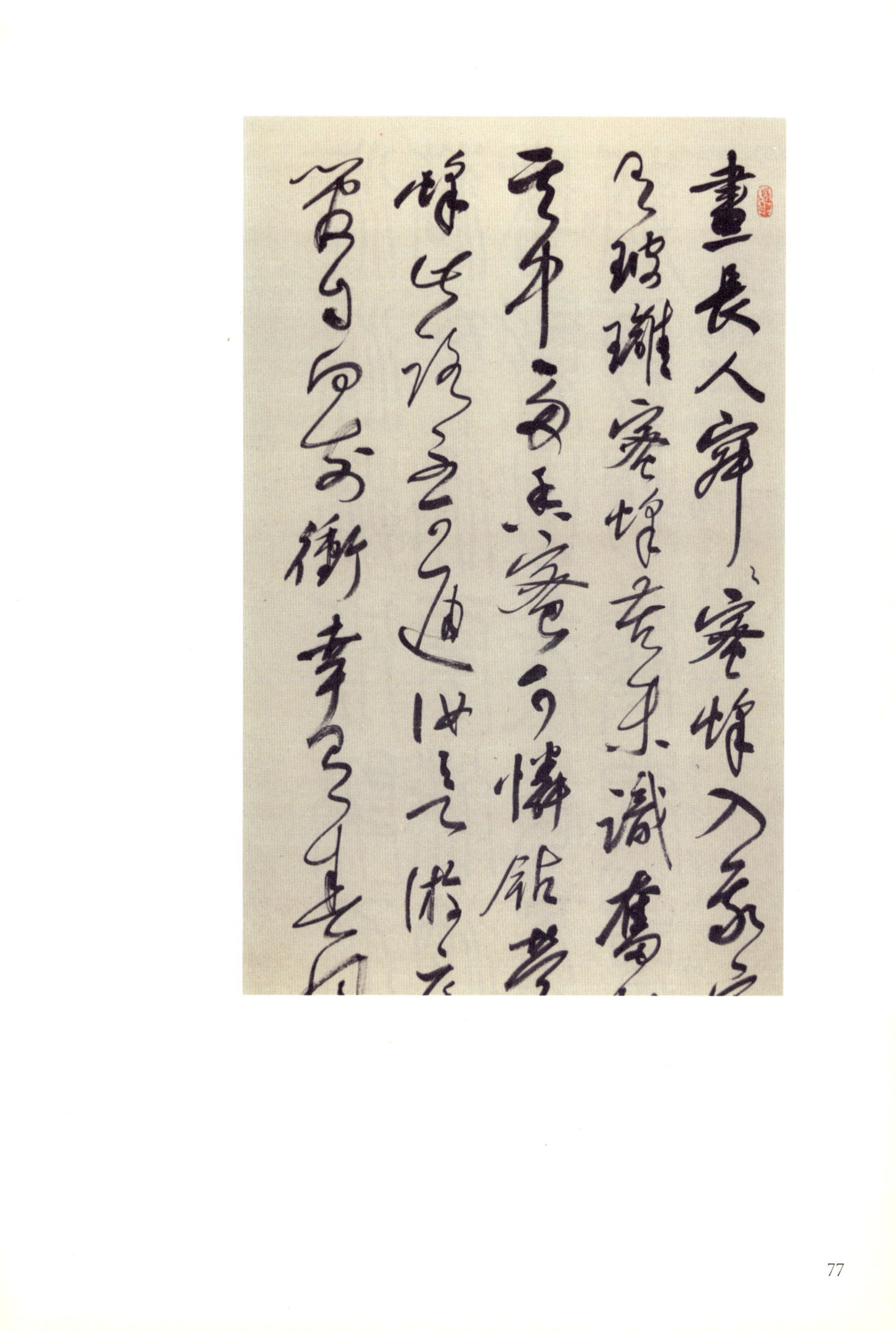

《送广洽上人》

河梁握别隔天涯，落月停云殢酒怀。

塔影山光长不改，孤云野鹤约重来。

吴淳之（上海）

《中秋宿抚州吊汤显祖墓》

中秋夜泊临川城，美酒佳肴感盛情。
夜静蟾光窥枕畔，也来慰问远游人。
文章桥畔吊词人，重上归车感慨深。
一路水吟风啸里，依稀仿佛牡丹亭。

陆曙光（上海）

居近葛岭招贤寺
面对孤山放鹤亭

郑邦谦（上海）

自古以來詩文常以楊柳為春的一種主要題材寫春景曰萬樹垂楊寫春色曰陌頭楊柳或竟稱春天為柳條春我以為這並非僅為楊柳當春抽條的原故實因其樹有一種特殊的姿態與和平美麗的春光十分調和的緣故這種姿態的特點便是下垂不然當春發芽的樹木不知凡幾何以專讓柳條作春的主人呢 節錄豐子愷散文

歲次乙未谷雨古宛楊錦濤書

《杨柳》（散文节选）

自古以来，诗文常以杨柳为春的一种主要题材。写春景曰「万树垂杨」，写春色曰「陌头杨柳」，或竟称春天为「柳条春」。我以为这并非仅为杨柳当春抽条的原故，实因其树有一种特殊的姿态，与和平美丽的春光十分调和的缘故。这种姿态的特点，便是「下垂」。不然，当春发芽的树木不知凡几，何以专让柳条作春的主人呢？

杨锦涛（河南）

誰言爭戰地
春色渺難尋
沙袋生小草
慈祥天地心

書豊先生詩一首
乙未梅雨初歇之日
浩然

《谁言争战地》（题画诗）

谁言争战地，春色渺难寻。
小草生沙袋，慈祥天地心。

吴浩然（浙江）

《春宵曲》

花老无风落，阴浓过雨新。

故园春色半成尘。正是绿肥红瘦最伤神。

宋二宗（湖北）

《蜀游途中得双红豆寄赠宗禹》

相隔云山相见难，寄将红豆报平安。

愿君不识相思苦，常作玲珑骰子看。

杨文宾（在读书法硕士）

《西江月》

百尺游丝莫系，千行啼泪难流。艳红姹紫无消息，赢得是新愁。
故里音书寂寂，客中岁月悠悠。春归人自不归去，尽日下帘钩。

钱超（在读书法硕士）

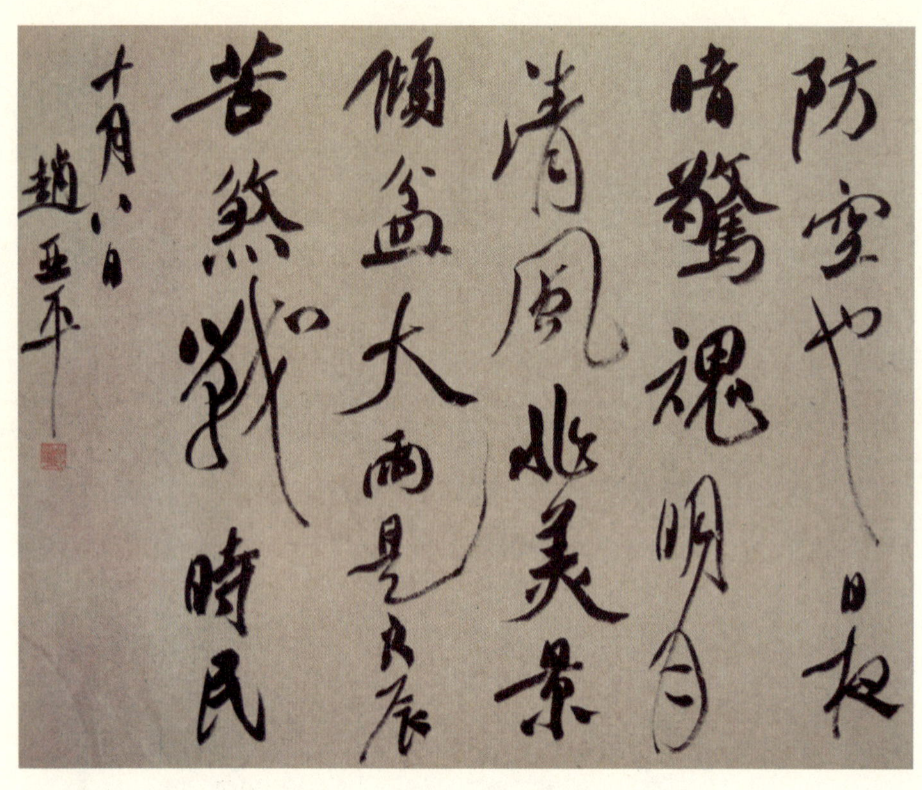

《望江南・逃难》

防空也，日夜暗惊魂。

明月清风非美景，倾盆大雨是良辰，苦煞战时民。

赵亚平（在读书法硕士）

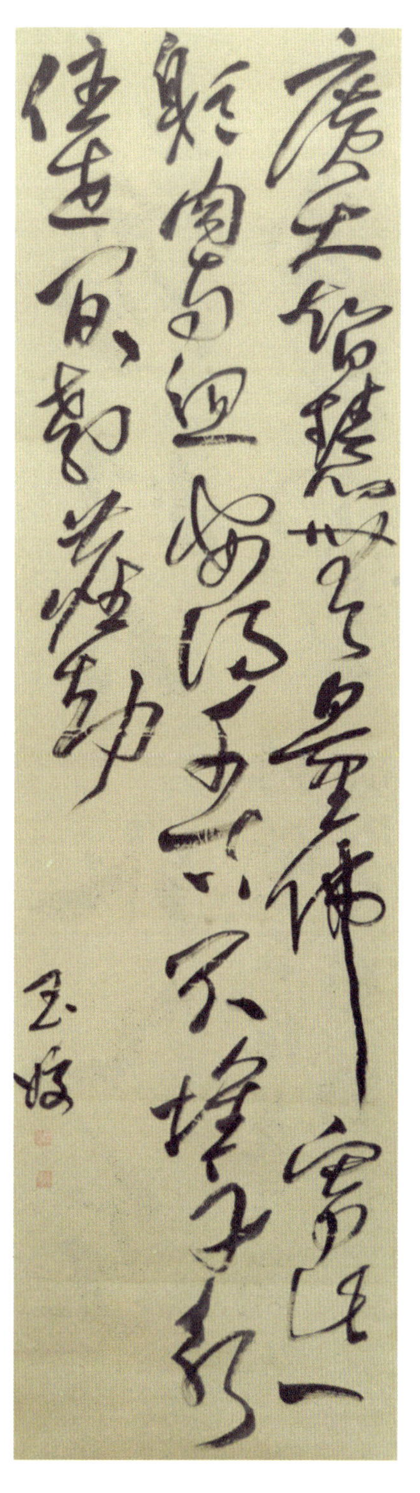

王玉姣（在读书法硕士）

《广洽法师嘱题弘一法师肖像》

广大智慧无量佛，寄此一躯肉与血。

安得千古不坏身，永住世间刹尘劫。

《辞缘缘堂》（部分）

十年一觉杭州梦，剩有冰心在玉壶。

十年一觉杭州梦，剩有冰心在玉壶。

录丰子恺先生诗句 四川大学刘超

刘超（在读书法硕士）

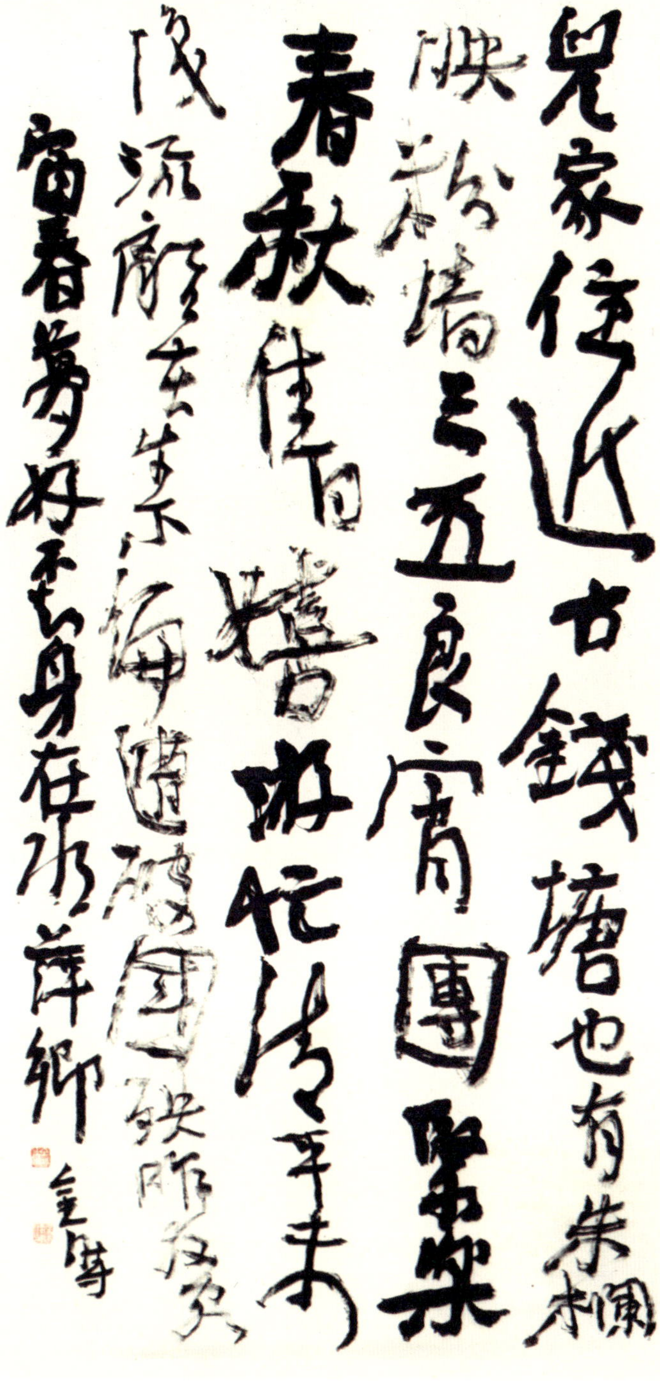

《避寇萍乡代女儿作》

儿家住近古钱塘，也有朱栏映粉墙。三五良宵团聚乐，春秋佳日嬉游忙。清平未识流离苦，生小偏遭破国殃。昨夜客窗春梦好，不知身在水萍乡。

吴利国（在读书法博士）

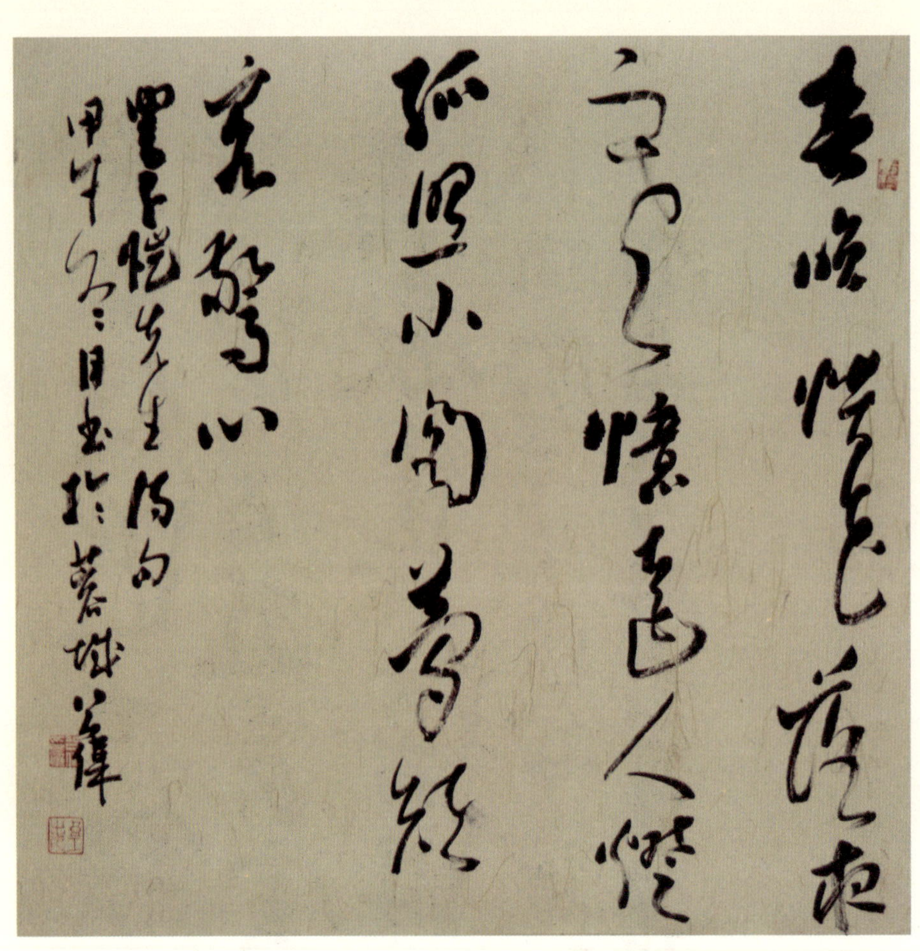

《回文五绝》
春晚惜花落。夜寒忆远人。
灯孤照小阁。梦短客惊心。

公伟（在读书法硕士）

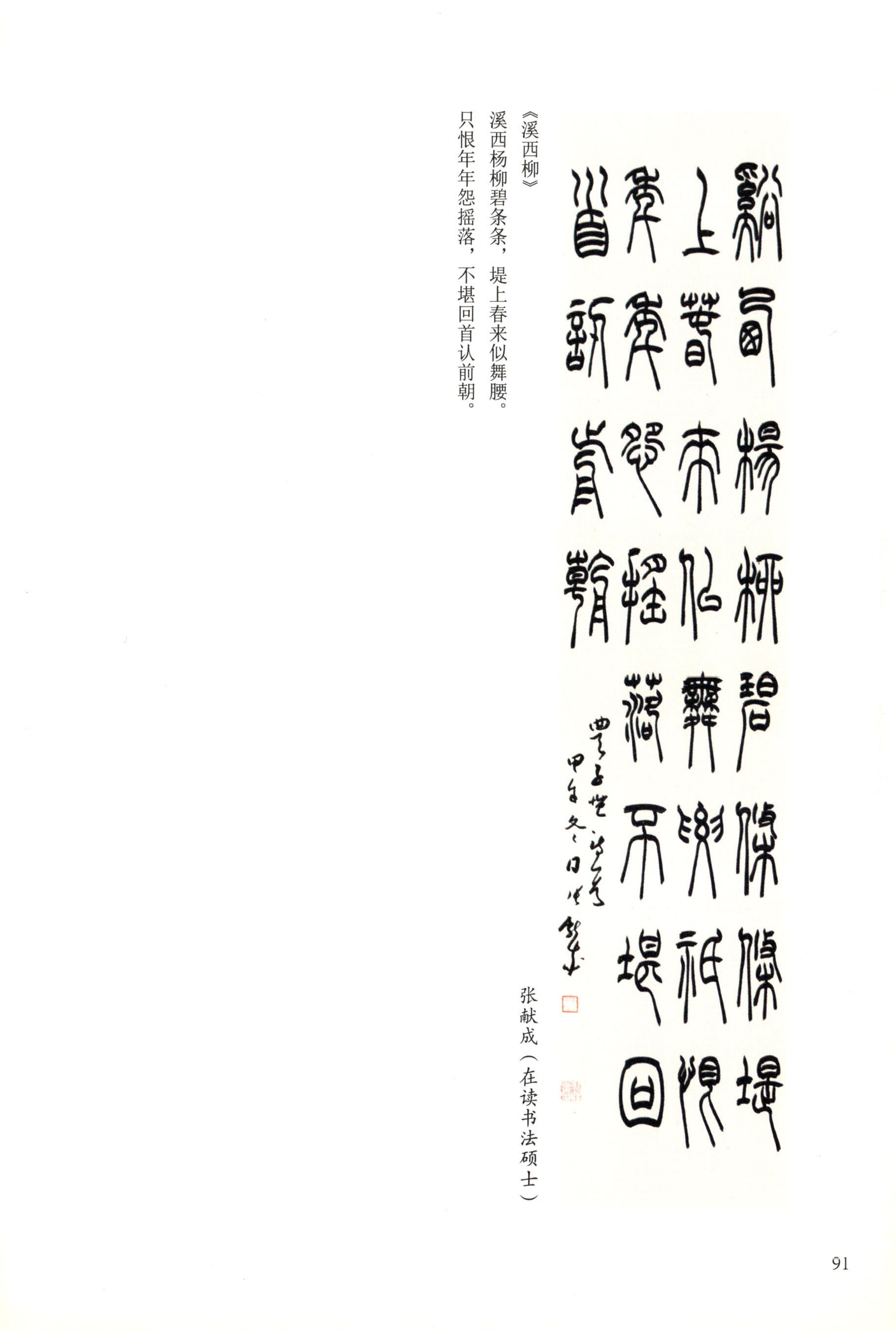

张献成（在读书法硕士）

《溪西柳》

溪西杨柳碧条条，堤上春来似舞腰。只恨年年怨摇落，不堪回首认前朝。

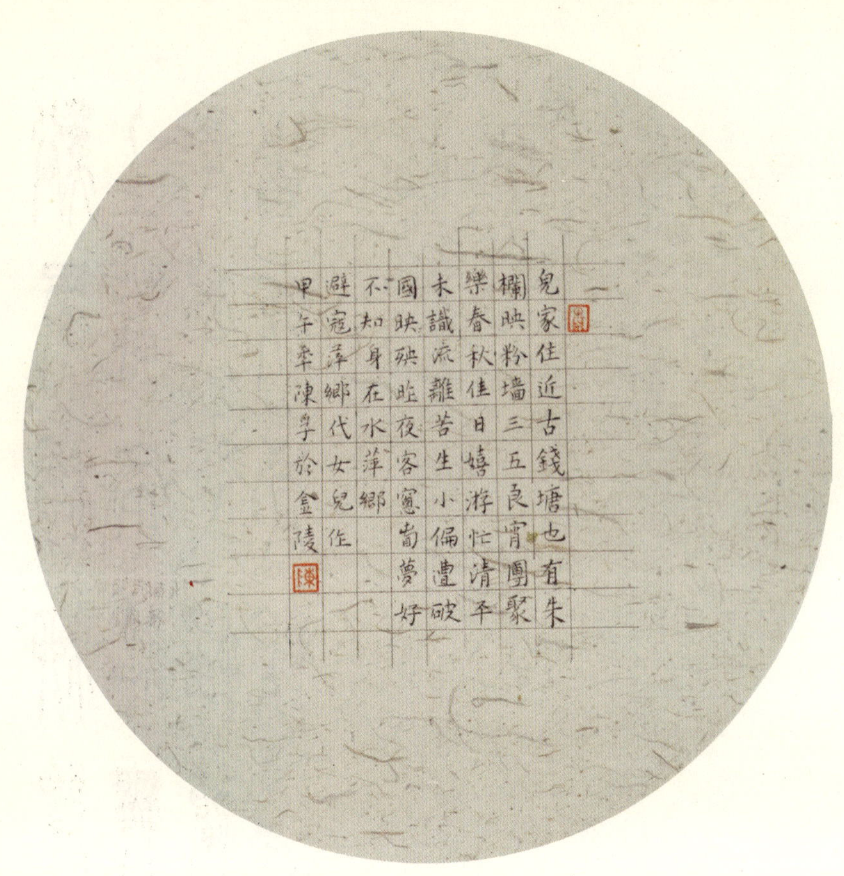

《避寇萍乡代女儿作》

儿家住近古钱塘，也有朱栏映粉墙。
三五良宵团聚乐，春秋佳日嬉游忙。
清平未识流离苦，生小偏遭破国殃。
昨夜客窗春梦好，不知身在水萍乡。

陈海宗（在读书法硕士）

《减兰》
他乡作客，每到春来愁如织。
怕上层楼，柳暗花明处处愁。
伤心春色，独自垂帘长寂寂。
多事黄莺，百啭高枝梦不成。

《西江月》
百尺游丝莫系，千行啼泪难流。
艳红姹紫无消息，赢得是新愁。
故里音书寂寂，客中岁月悠悠。
春归人自不归去，尽日下帘钩。

《寄长子华瞻》（癸未蜀游杂诗）
忆汝初龄日，兼承两代怜。昼衔牛奶嬉，夜抱马车眠。
渐免流离苦，欣逢弱冠年。童心但勿失，乐土即文坛。

《寄幼女一吟》（癸未蜀游杂诗）
与汝江头别，予情独黯然。客居春兴少，蜀道古来难。
对景思新语，当筵忆笑颜。群儿皆隽秀，最小即偏怜。

陈海宗（在读书法硕士）

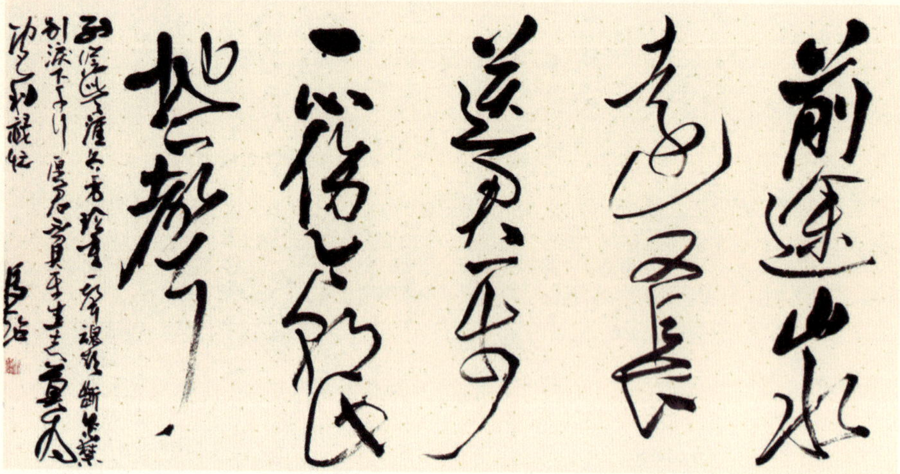

《送别》（歌曲，F· FLOTOW 作曲）

前途水远又山长，送君一步一心伤。

今朝此地一声别，从此天涯各一方。

珍重一声魂欲断，怎禁别泪下千行。

愿君不负平生志，莫为功名利禄忙。

马超（在读书法硕士）

丰子恺艺术成就

书法艺术

丰子恺不以书法名世，但深厚的艺术造诣和独树一帜的书风却是不争的事实。他早年曾临写《张黑女墓志》《张猛龙碑》，后来至爱索靖《月仪帖》。朱光潜在《丰子恺的人品与画品》一文中说："书画在中国本有同源之说，子恺在书法上曾下过很久的功夫。他近来告诉我，他在习章草，每遇在画方面长进停滞时，他便写字，写了一些时候，再丢开来作画，发现画就有长进。"丰子恺多以碑笔入书，参章草，结字瘦劲峻峭，出锋尖锐，笔力刚健，俊逸洒脱，弥散着一种人间温情。关于丰体自成一家的书法，书法家沈定庵曾用苏东坡的诗句"端庄杂流利，刚健含婀娜"来形容，在今天看来，已成定评！

主要著作：《前尘影事集——弘一法师遗著》《童年与故乡》《笔顺习字帖》《丰子恺书法》。

散文艺术

1933 年春"缘缘堂"在丰子恺的故乡石门湾落成，抗战爆发后葬身于日军炮火。虽实亡但名存，丰子恺对"缘缘堂"旧情不忘，一直使用着这个堂名。1926 年以后创作、发表或结集的随笔，也都统称为"缘缘堂随笔"。丰子恺的散文如同他的漫画，在中国文学界别具一格。作品超越人世的成见，从身边平凡琐事中，发现别人不曾发现的东西，体验别人不曾体验的乐趣，感悟别人不曾感悟到的意境，以儿童的视角，佛理的眼光叙事与情，将平常事写得富有哲学。文笔隽永清朗，语淡意深，清幽玄妙，深受人们喜爱，颇能引起读者的共鸣。

主要著作：《缘缘堂随笔》《缘缘堂再笔》《车厢社会》《子恺随笔》《率真集》等。

漫画艺术

在浙江上虞春晖中学的“小杨柳屋”，丰子恺的率性速写，创造了“子恺漫画”。特别是他的成名作《人散后，一钩新月天如水》一经发表，更是让人们以漫画的方式走进了诗的意境。“一幅幅的漫画如一首首的小诗——带核儿的小诗。”（朱自清）从此丰子恺便成了中国抒情漫画的创始人。

子恺漫画体裁广泛：抒写古诗意境，表达对社会现实的观感；捕捉儿童神态，抒发真善美；描绘大千世界，体察人间温情。他笔下有着出世的超脱和潇洒，但更重要的是渗透了爱。丰子恺的漫画，仅仅用眼睛看是不够的，需要用心来品读，需要用灵魂来回味。“最喜小中能见大，还求弦外有余音。”这正是丰子恺的艺术追求，也是子恺漫画不同于一般肤浅之作的魅力所在。

主要著作：《子恺漫画》《丰子恺儿童漫画》《云霓》《世态画集》《绘画鲁迅小说》等。

翻译艺术

丰子恺精通日、英、俄三种外语，学外语的精神和方法一度受人推崇。翻译题材有小说、艺术理论、佛教、中小学及幼儿园教材等，为介绍外国文学、艺术理论等方面做出了突出贡献。有人认为：“他是最尊敬的日文翻译家，译得最好的是《源氏物语》，为中国的翻译文学树起了一座丰碑。”

主要著作：日本厨川白村的《苦闷的象征》、俄国屠格涅夫的《初恋》和日本古典名著《源氏物语》等。

音乐艺术

在丰子恺出版第一本漫画集《子恺漫画》的同时，他的第一本音乐著作《音乐的常识》也相继诞生了。“像给紧闭的房屋打开一扇小窗，启迪了中国人的音乐兴趣。”丰子恺在音乐上的成就不亚于漫画和翻译，曾出版过十余部音乐著作。只是他的漫画之名太盛，成就太高，掩盖了其它成就。《音乐入门》是当时脍炙人口的音乐启蒙书籍，也是丰子恺的音乐著作中流传最广，影响最大的一部，常被各中小学采用为教材，台湾、香港几十年来也一直印行。此书问世后，在书市上持续了半个世纪之久。开明书店曾再版 30 余次，对我国现代音乐的启蒙作出了重大的贡献，丰子恺也被认为是最先致力于现代音乐文化事业建设，最早传播西洋音乐入门知识于我国的的代表人物之一。

主要著作：《音乐入门》《近世十大音乐家》《音乐十课》等。

装帧艺术

“深刻的思想内容与完美的艺术形式的结合，是优良艺术作品的根本条件。书籍装帧既属艺术，当然也必具备这条件，方为佳作。盖书籍的装帧，不仅求其形式美观而已，又要求能够表达书籍的内容意义，是内容意义的象征。这仿佛是书的序文，不过序文是用语言文字来表达的，装帧是用形状色彩来表达的。这又仿佛是歌剧的序曲，听了序曲，便知道歌剧内容的大要。所以优良的书籍装帧，可以增加读者的读书兴趣，可以帮助读者对书籍的理解。”（丰子恺语），丰子恺一生装帧过几百部书，这是他对装帧艺术的经验总结，同时也反映了他对美学和艺术的追求。

黄可曾说：“丰以漫画趣味作文学插图，给我国现代出版装帧开创了一种境界。”丰子恺在中国装帧史上的地位是值得探讨的，不单是因为他色彩单纯、朴实自然、富有人情味和诗情的装帧风格，而且中国装帧史上的两位大家陶元庆和钱君匋又都是他的学生，受过他的亲授和指导。这两点足以说明他对中国现代装帧艺术的贡献。

主要著作：《忆》《我们的六月》《爱的教育》《开明国语课本》等。

诗词艺术

丰子恺特别喜欢古文诗词，重视诗词的格律，他自己也常写诗填词。他的诗词和他的漫画一样浅显易懂，有感而发。最早是1918年在浙一师学生时代写的八首诗词，最晚的写于1975年。形式多样，除与人酬酢的诗词外还有题画诗、歌词等等。内容则更是林林总总，折射出五颜六色的他所经历过的生活情状。他大到写抗战国难，写宗教护生，小到写人生生日写动物生灵；他也写时尚的应景诗词，也写歌颂当下某项运动的诗词。香港画家陆无涯曾评论：“子恺先生的旧体诗创意新而辞藻通俗。”例：《日月楼秋兴诗》：袅袅秋风起，高楼日月长。窗明书解语，几净墨生香。丛菊迎朝日，寒蝉送夕阳。夹衫新得宠，团扇渐相忘。软玉灯前静，青纱帐里凉。长河低入户，明月近窥窗。一枕寻新梦，三杯入醉乡。诗情秋更逸，何用惜春光？

护生护心

弘一法师长年云游四方，弘扬佛法，对佛法中的戒杀之律感触颇深，便与丰子恺商量合作一本《护生画集》，由马一浮作序，丰子恺作画，自己配诗，“以艺术作方便，人道为宗趣”，规劝人们戒杀护生、慈悲为怀。时近1930年，弘一法师正好50岁，丰子恺遂画成50幅祝贺法师的生日，名曰《护生画集》。抗日战争全面爆发后，丰子恺不做亡国奴，一路辗转流亡，以教书谋生。他克服重重困难，将60幅作品寄给远在泉州开元寺的弘一法师写诗文，法师感到十分欣慰。他在给丰子恺的信中写道：“朽人70岁时，请仁者作护生画第三集，共70幅；80岁时，作第四集，共80幅；90岁时，作第五集，共90幅；100岁时，作第六集，共100幅。护生画功德于此圆满。”此后丰子恺排除万难，以他坚韧的毅力绘就《护生画集》六集，功德圆满。六集共收450图，450首诗文。从第一册至第六集将半个世纪，此后台湾、深圳、北京、福建等地都再版过合辑或选辑，世界各地佛教团体翻印者不计其数。

2011年10月

后记

前些年，我受聘于桐乡市青少年宫教授孩子们学习漫画，期间常与宫里的书法教师许雅颖一起漫谈书艺。雅颖是位传统的地道的书家，小楷写得清秀俊挺，颇具明清遗风。有一天，她问丰子恺先生是否写过长诗，言浙江省要举办长卷书法展，意欲换换口味，不再抄写耳熟能详的唐诗宋词了。我说有《红楼杂咏》，她听后很感兴趣。

我把《红楼杂咏》发给她，没过多久，她就写了几幅拿给我欣赏。用笔率真，章法臻美，透着浓浓的书卷气。这时我突然冒出一想法，何不邀请熟悉的师友都来抄写丰先生的诗词，辑成册，届时还可举办巡回展览呢！这既是对子恺先生诗词的宣传，也文人书艺的一次雅集。她感觉可行，并第一个表示支持。

有了这个想法以后，我便开始联系诸位师友。山东省书协副主席于明诠老师是当今名家，也是我认识多年的师长，他知晓后二话没说，还请历山书院的徐伟院长一起参与。山西省书协副主席陈巨锁老师很是敬仰丰先生，了解此事后，马上写了一幅大作寄来。海上名家吴颐人老师和我接触颇多，我任职丰子恺纪念馆馆长期间，他无偿为馆里捐赠石雕，大体小节亲力躬为，让人尊敬。有次在通话中我把此想法告诉他，他客气地说："钱君匋先生是我老师，而丰先生是钱先生的老师。那丰先生就是我的师公，他的事情我肯定支持。需要我做什么尽管吩咐！等作品集出版后，我会联系场馆，争取在上海展出。"不久，他率众弟子数人，快递来一批作品。

四川书家向黄先生和我通过网络熟识，始终缘悭一面，不过我

们以书为媒，彼此有共同语言。得知此事后，他热心乐助，请了圈内数位好友一道捧场。四川大学在读书法硕士丰俊青小妹要撰写丰先生书法内容的毕业论文，找我查询相关资料，我也把此事透露给她，没想到她联合同学共寄来了十几幅作品。

就这样，在众多师友的鼎立支持下，书写丰先生诗词的力作逐渐充盈起来。

有次，和西泠名家袁道厚老师一道共餐，在桌上我聊起此事，他听后大悦，感慨道："此想法甚好，能为丰先生做点事情我很乐意。更何况，子恺先生是我们家乡人，我们家乡人没有去做，没有人去研究他。你这位山东人却在努力弘扬他，我们没有理由不拥护。我会试着联系西泠印社的展览馆，希望有机会能在杭州办次活动。"袁老师不仅自己精心准备作品，还把西泠印社诸位名家的地址发我，希望我联络他们参与。

没过多久，耄耋之年的刘江先生、浙江省书协主席鲍贤伦老师，以及日本、台湾、香港的众多名家都纷纷寄来作品。我所熟悉的上海美协副主席徐昌酩老师、画家吴蓬老师、西冷老人郁重今老师也都写好了作品。八十多岁的徐昌酩老师对此事很是关切，并打来电话叮嘱我："我最近身体不好，字也疏于练习，你给了我一次练字的机会。不过没写好，如果感到不满意，我再重新来过。"

丰先生的幼女丰一吟老师今年已八十七岁高龄，我一直在跟随她研究丰子恺。有次在吃西餐时我提及此事，她很是高兴，并郑重其事地说："虽然我不是书法家，年纪大了字也写不好，但也要参与！"我说："此次还有100多岁的呢！"她很是惊奇。我把张红

云兄所赠嘉兴百岁老人柯大墉先生的作品给她看，她赞叹道：“一百多岁了字还那么好，真不容易！”

我最初的设想是此活动仅限于圈内好友，但不少人希望我公布在博客里。没想到消息一出，西安书家宫烨文老师第二天就发来信息，他说：“我是丰先生的粉丝，如若不弃，也想参与。”忙连夜赶写了两幅作品。今年10月16日，我在西安美院举办“丰子恺艺术研究展”，和宫老师第一次见面，大家一见如故，他还请我品尝西安名吃“葫芦头”。我感慨道：“这都是缘分！”

弘一法师为丰先生的寓所取名为“缘缘堂”，于是凡和丰先生相关的事情，我们也往往会归结于“缘”。丰先生确实也写过一篇以“缘”字为题的文章。他说：“无论何事都是大大小小，千千万万的‘缘’所凑合而成，缺了一点也不行。世间的因缘何等奇妙不可思议！”我想征集活动之所以能有此等规模，不仅仅是因为“缘”的缘故，更重要的是丰先生的艺术魅力和人格精神在引领着我们。

此次活动共收到作品100余幅，有素不相识的长者和朋友也参与其中，甚至还有一些可爱的小朋友也寄来作品。但为保持此集的专业水准，不得不忍痛割爱，最后精选出60余幅。在此对所有的参与者表示由衷的感谢，对没有入选的朋友表示深深的歉意。同时也感谢海豚出版社的大力支持。

最后赘言：相信，一路上有我们，丰先生不会寂寞！

2015年11月